KB037263

# 슈팅 라이크 쏘니

# 슈팅 라이크 쏘니

정유철 소설집

OTD

# 차례

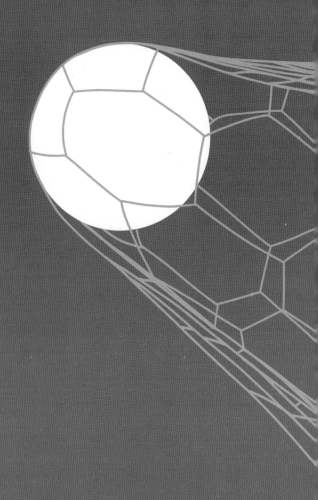

슈팅 라이크 쏘니

벚나무로 둘러싸인 소운동장 인조 잔디 위에 사람들이 가득 앉아있다. 눈부신 순백의 겹벚꽃이 이제 막 만개하기 시작해서 아침에 사 온 꽃다발처럼 생기있어 보였다. 국어국문학과의 학생회장이 술잔을 들고 일어나 외쳤다.

"주목! 주목해 주세요! 오늘까지 인문대 체육대회는 끝났습니다. 우리 국문과의 종합순위는?"

학생회장을 바라보던 학생들은 입을 모아 1위라고 고래고래 소리를 지른다.

"1위! 맞습니다. 살다 보니 이런 날도 오네요. 오늘 다들 고생하셨고 즐겁게 놀다 갑시다!"

벚나무 가지 사이에 걸려있는 알전구 조명 아래에서는 바비큐 파티가 한창이다. 족히 몇십 명가량 되는 학과생들은 소운동장의 잔디가 보이지 않을 정도로 빼곡히 돗자리를 깔고 앉았고, 예비역으로 보이는 남학생들은 운동장 가장자리에 설치한 캠핑용 그릴 앞에서 고기를 굽고 있었다. 돌아보니 농구장이나 본관 건물 앞에 다른 학과 학생들도 체육대회 뒤풀이가 한창이었다. 인문대 건물을 둘러싸고 있는 모든 휴식 공간은 학생들과 고기 굽는 냄새, 건배사를 외치는 소리로 가득 찼다. 그런데 파티가 한창 무르익고 있는 중에도 신입생 도루나는 웬일인지 뭔가 어색해 보였다. 어디에도 끼지 못한 채 어색하게 주변 사람들 주위만 맴돌고 있었다.

입학한 지 두 달, 아직 학교생활에 적응조차 하지 못했는데 벌써 체육대회라니. 루나는 낮에 자신도 참가했던 여자풋살 경기가 떠올랐다. 풋살이든 축구든 태어나 한 번도 공을 차본 기억이 없다. 지나가다 동네 꼬마들이 굴러간 공을 차달라고 부탁해도 손으로 들어서 던져주곤 했다. 발로 차면 왠지 다른 곳으로 날아갈 것만 같았다. 인원수만 채우면 된다길래 참가했는데 되돌아보니 너무 열심히 한 것 같아 괜스레 부끄러운 생각이 들었다. 루나는 멋쩍게 주변에 앉은 사람들을 둘러보다가 문득 한 사람과 얼굴이 마주쳤다. 낯익은 얼굴이 말을 걸어왔다.

"이름이 루나라고 했나?"

낮에 풋살 경기 때 같이 뛰었던 언니였다. 내 이름을 알고 있었다니, 낮에 경기할 때 말했던가?

"네. 안녕하세요. 23학번 도루나입니다."

"난 한이지야. 4학년."

경기 때 다른 팀원들에게 지시하는 걸 보고 분명 4학년쯤 됐으리라 생각했다. 그녀 주변에서 고학년 특유의 여유로운 아우라가 느껴졌기 때문이다.

"아까 보니까 운동 잘하던데, 평소에 운동하는 거 있어?"

루나는 낮에 헛발질하려다 상대편 발을 차버려서 경고받았던 게 생각났다.

"낮에 제 헛발질 보셨죠? 너무 몰입했나 봐요. 조심해야 했는데."

"운동하다 보면 그럴 수도 있지. 나는 중요한 상황인데 다칠까 무서워서 경합 중에 피하는 사람이 더 싫더라. 달리거나 공 보고 움직일 때 네가 반응 속도도 빠르고 운동 감각도 있는 것 같아서 평소에 동아리 활동이나 다른 운동하는 게 있는지 궁금했어."

칭찬인 것 같다. 루나는 얼굴이 뜨거워 고개를 들지 못하고 감사하다며 끄덕거리기만 한다.

"잘한 건 선배님이죠. 저는 사실 한 게 없어요. 공 보고, 쫓아가다가 선배가 소리 지르면 그 말대로 하고, 또 정신 차려보니까 뭘 했는지도 모르게 끝난 것 같아요. 골 넣은 것도 다 선배님이잖아요."

자기 칭찬을 듣던 이지는 루나와 달리 쑥스러워하지 않고 눈을 맞추며 가만히 칭찬을 듣고 있었다. 아까보다 부드럽고 친절해진 눈빛이 좋은 말을 해줘서 고맙다는 대답인 것 같다.

목이 마른 루나가 맥주가 담긴 일회용 컵을 들자, 이지가 자기 잔을 갖다 댔다. 건배!

루나는 잠시 눈을 감고 맥주의 여운을 느낀다. 시원한 탄산의 맛과 조명 밑에서 시끌벅적하게 신이 난 사람들. 포근하게 부는 바람에 싱싱한 벚꽃들이 보기 좋게 흔들리고 있었다. 슬슬 취기까지 올라오자, 기분이 좋았다.

두 사람은 산책할 겸 잠시 바비큐 파티장을 빠져나왔다. 캠퍼스 안에 있는 나무는 대부분 벚나무

다. 학교 중앙을 가로지르는 길에 조성된 벚꽃길에는 등이 달려있어 벚꽃축제가 열리는 시즌은 지역 안에서도 아름다운 야경으로 유명했다. 꽃등 밑을 걷던 이지가 루나에게 물었다.

"루나 너는 학교생활 어때? 동아리는 들었어? 신입생들 들어오자마자 동아리 들어오라고 난리였을 텐데?"

낮에 길에서 전단지 같은 걸 나눠주던 학생들이 생각났다. 루나는 생각했다. 그게 동아리 홍보였구나.

"아직 들어가진 않았어요. 동아리 가입하는 건 부담스럽기도 하고."

"그럼, 취미가 뭔데? 주말에 뭐 해?"

"딱히 없어요. 영화 보거나 미드 몰아보거나. 그런 것도 엄청나게 좋아하는 건 아닌데 할 게 없어서 봐요."

루나는 다른 화젯거리로 말을 바꾸었다.

"선배는 오늘 체육대회 때 풋살 경기 재밌었어요? 즐거워 보였어요, 많이."

이지는 고개를 끄덕였다. "응. 진짜 재밌었어.

나 축구나 풋살 좋아하는데 여태 별로 못했거든. 그 래서 졸업하기 전에 꼭 한번은 제대로 뛰어보고 싶었어."

루나는 방금 가까워진 이 선배의 바람이 오늘 이루어져서 참 다행이라고 생각했다. 그 경기 속에 자신의 헛발질도 앞으로 남게 될 추억 속 한 장면이 될 거라고 생각하니 더불어 뿌듯했다.

"다행이에요. 해피엔딩이네요."

이지는 입가에 미소를 떠올리며 답했다.

"해피엔딩인가? 그러려면 아직 목표가 하나 더 남았어."

"오, 정말요? 뭔데요?"

"풋살 여자부 우승!"

이지의 눈동자 속에 알 수 없는 어떤 결의가 반짝였다.

"그런데 체육대회는 오늘로 끝나지 않았어요? 오늘 우리가 풋살 여자부 우승했잖아요."

"인문대 체육대회는 끝났지. 이제부터는 총학 생회 체육대회야. 각각의 종목마다 단과대에서 우 승한 팀들이 나와서 토너먼트 형식으로 진행되거

든. 우리는 인문대 대표로 여자부 풋살대회에 나가
야지."

　　체육대회가 끝나지 않았다니. 그것도 오늘 이
겼기 때문에 계속되다니. 루나는 오늘 했던 헛발질
이 또 생각났다. 나는 빠지겠다고 해도 될까. 나 말
고도 뛸 사람은 많을 것이다.

　　"다른 단과대에서 우승한 팀들만 나오면 훨씬
더 어려워지는 거 아니에요?"

　　이지는 주먹을 불끈 쥐어 올리며 말했다. "훨
씬 어렵고 치열하지. 그리고 예전부터 축구, 농구,
발야구, 풋살, 계주의 모든 종목을 한 학과에서 우
승해 오고 있어. 다른 단과대들은 한 종목이라도 우
승을 따오는 걸 목표로 가질 정도야."

　　루나의 눈이 커졌다.

　　"그게 말이 되나요? 우리도 오늘 보니까 제대
로 공 찰 줄 아는 건 선배밖에 없는 것 같던데. 대체
거기가 무슨 학관데요?"

　　이지는 꽉 쥐었던 주먹을 루나 쪽으로 내밀었
다. 아까 건배할 때 같았다. 루나도 자기 주먹을 갖
다 댔다. 파이팅을 다지자는 의식인 듯했다.

"체육학과야. 걔네가 항상 다 우승해. 우리가 이번에 이겨서 챔피언 자리 가져오자."

루나는 고개가 절로 끄덕여졌다. 체육학과면 그럴 수도 있겠다. 그런데 이 선배의 목표가 너무 야무진 거 아닌가. 마음이 꺾이면 슬플 텐데.

"루나야! 우리 같이 정점을 노려보자."

○

인문대 체육대회 이후에도 국문과 안에는 우승의 열기가 한동안 지속되었다. 무려 13년 만에 인문대 체육대회를 우승했으니 그럴만했다. 오죽하면 학과 교수님들이나 조교들도 수시로 체육대회 이야기를 할 정도였다.

그중에서도 1위를 한 여자부 풋살 이야기는 빠지지 않았다. 여태까지 모든 학과 행사에 불참했던 도루나도 더 이상 아웃사이더가 아니었다. 강의실이나 학과실을 오가며 사람들은 루나에게 눈인사했다. 그럴수록 루나는 고개를 푹 숙였다. 그때 헛발질을 하지 말았어야 했는데.

지난 체육대회 뒤풀이 때 친해진 같은 학번 동기인 윤정, 지수와는 점심메이트가 됐다. 오늘은 지수가 돗자리를 가져올 테니 도시락을 먹자고 했다. 물론 직접 만든 게 아니라 도시락 가게에서 사 온 도시락이다. 지수는 학교 본부 뒤쪽에 튤립 꽃밭이 있는 곳에 자리를 맡아놓을 테니 도시락을 사 오라고 했다.

루나는 도시락을 들고 학교 본부 뒤쪽으로 갔다. 돗자리 위에 앉아 손을 흔드는 지수가 보였다. 노란색, 빨간색, 분홍색의 여러 튤립이 나란히 줄서 있는 뒤로 지수가 돗자리를 펴고 앉아있다. 마치 지수가 꽃밭 위에 앉아있는 것처럼 보였다.

"이 꽃들 뭐야. 지수야, 너 오면서 봤는데 꽃밭 위에 앉아있는 줄 알고 깜짝 놀랐어."

루나의 말에도 아랑곳없이 지수는 도시락 봉지에 코를 대고 냄새부터 맡았다. 뒤이어 도착한 윤정이 지수와 루나 뒤에서 신발을 벗고 돗자리에 올라오고 있었다.

이윽고 세 사람은 허겁지겁 도시락을 먹기 시

작한 후, 오 분 동안은 아무 말도 하지 않고 밥만 먹었다. 다 같이 '고기고기 돈가스'로 불고기와 제육볶음이 함께 들어있는 인기 메뉴였다. 허기를 달랜 후 윤정이가 먼저 말을 꺼냈다.

"루나, 너 풋살 우승해서 체육대회 또 나간다며?"

루나가 입을 열기도 전에 지수가 답했다.

"나도 듣긴 했어. 멤버는 그대로 나가는 건가?"

"팔대영 언니는 고정이고 나머지는 바뀔 수도 있다고 들었어. 과대 오빠한테."

루나가 입에 불고기를 넣다 말고 물었다.

"팔대영 언니가 누구야?"

"제일 공 잘 차던 선배 있잖아. 감독 역할까지 하던."

아무래도 한이지 선배를 말하는 것 같다.

"나도 뒤풀이 때 들은 건데 별명이 팔대영이래. 2년 전 체육대회 때 풋살 경기 나갔다가 팔대영으로 졌다나 어쨌다나."

지수 말을 듣고 윤정은 웃었지만, 루나는 마냥 웃을 수만은 없었다.

"그렇게 축구를 좋아하는 사람이 팔대영으로

졌으면 너무 속상했겠는데."

　게다가 사람들에게 팔대영이라고 놀림까지 당하다니.

　"그러게. 멋지긴 하더라. 그런데 축구랑 풋살은 다른 건가? 비슷해 보이던데. 루나야 너 풋살 멤버지? 뭐가 다른 거야?"

　루나는 본인도 모른다며 고개를 절레절레 흔들었지만, 지수가 대신 대답했다.

　"풋살은 미니축구라고 보면 돼. 발로 차서 골대에 공을 넣으면 득점하는 방식이 축구랑 거의 비슷한데 운동장이랑 인원 규모가 달라. 축구는 경기장이 70m*100m 정도면 풋살경기장은 22m*40m야. 인원도 축구는 한 팀에 11명, 풋살은 5명이지. 원래 경기 시간은 전후반 20분씩 총 40분인데, 우리 체육대회 때는 15분씩 총 30분 경기로 진행돼."

　윤정이는 깜짝 놀라 지수를 바라봤다.

　"어떻게 이렇게 잘 알아?" 윤정의 반응이 재밌는지 지수가 웃었다.

　"그 팔대영, 한이지 선배가 나한테도 같이 풋

살할 수 있냐고 물어봤었거든. 그래서 검색해 봤어."

지수의 말을 듣고 윤정이가 루나를 보며 주먹을 불끈 쥐었다.

"아무래도 지수도 팀에 들어갈 건가 본데, 루나야 나 넣어줄 수 있어?"

항상 웃음기 가득하게 말하는 윤정이는 진심인지 농담인지 헷갈렸다.

"나도 경기 뛸지는 모르겠어. 또 헛발질해서 창피당하면 학교 못 다닐지도."

루나가 고개를 푹 숙이자, 지수가 다정한 목소리로 말했다.

"나도 그날 풋살 응원하러 갔었는데 그 선배랑 너만 보였어. 팔대영 선배는 뭐랄까 원래 잘하던 사람인데, 루나 너는 정말 열심히 하는 모습이 멋지더라. 네 실수까지도 진지해 보였어. 사람들이 웃기게 생각 안 할 거야."

루나는 칭찬받는 게 쑥스러운지 튤립을 보면서 대화를 이어갔다.

"팔대영 그 선배 이름이 한이지래. 4학년이고.

체육대회 뒤풀이할 때 이야기했었어. 총학생회 체육대회 꼭 우승하자고 하던데. 같이 정점을 노리자고 하면서 말이야."

윤정이의 눈이 휘둥그레졌다.

"정점을 노린다니, 정말 멋진 말이다. 지수야 우리도 저 팀에 들어가 볼까? 루나야 받아줄 거지? 선배한테 말해서 우리 꽂아줄 수 있어?"

루나는 난처한 표정으로 손사래를 쳤다.

"선배가 그렇게 말하긴 했는데 나도 아직 결정하지 못했어."

윤정은 아직 풋살 계획이 없다는 루나의 말을 들었는지 계속 풋살을 하게 되면 어떨지 떠들어댔다. 루나는 이지 선배가 계속 마음에 걸렸다. 축구를 정말 좋아하는 사람인 것 같았다. 루나는 생각했다. '나도 그렇게까지 진심으로 할 수 있을까. 또 중간에 포기하느니 시작을 안 하는 게 나을지도 몰라.'

○

루나는 풋살을 하겠다고 확실히 결정한 적은 없었지만, 윤정과 지수가 팀에 들어오는 바람에 자연스럽게 함께 경기에 합류하는 것처럼 돼버렸다. 그러나 풋살팀 단톡방에는 아직 네 명뿐이었다. 한이지와 루나, 윤정, 지수밖에 없다. 풋살은 다섯 명이 필요한데 아직 한 명이 부족했다. 그런데도 이지는 걱정되지 않는지 지금 있는 사람들이 먼저 잘 준비하면 된다고 했다. 4인 풋살팀이 만들어진 지 2주가넘었을 때, 연습 경기 일정이 잡혔다.

연습 경기 때문에 아침 일찍 일어난 루나는 몸이 찌뿌둥했다. 토요일 아침, 원래 자고 있을 시간인 걸 몸도 기억하는 것 같았다. 평소 같았으면 어젯밤 알바 끝나고 집에 와서 늦게까지 폰을 보거나 시간을 보내다가 새벽 늦게 잠들었을 것이다.

토요일 아침 9시 정문 집결, 연습 경기!

이지 선배가 풋살 단톡방에 올린 공지 때문에

억지로 눈을 감고 잠들기 위해 발버둥 치다가 어떻게 잤는지도 모르게 조금만 자고 나왔다. 일어나자마자 대충 씻고 나왔는데도 아홉 시가 지나서야 학교 앞에 도착할 수 있었다. 교문 앞에는 이지와 윤정, 지수가 먼저 와서 기다리고 있었다. 얼른 오라며 윤정이 손을 흔든다.

아무도 뭐라 하지 않았지만, 루나는 눈치가 보였다.

"늦어서 죄송합니다."

윤정, 지수는 신발 가방을 등에 메고 왔는데, 이지 선배는 짐이 없다. 지수가 물었다.

"오늘 연습 경기 하나요? 이지 선배는 신발 안 챙겼어요?"

이지는 주머니에서 차 키를 꺼내더니 정문 앞에 세워져 있는 흰색 마티즈 한 대를 가리켰다.

"차에 있어."

다들 놀라는 기색이다. "운전도 할 수 있어요?"라고 윤정이 묻자, 이지 선배는 뜸을 들이더니 비장하게 농담을 꺼냈다. "당연하지. 얼마 전에 딴 따끈따끈한 면허증 보여줄까?"

이제 막 면허를 딴 이지는 FM 운전자였다. 시속 50킬로를 절대 넘지 않았다. 삼십 분간 일행을 싣고 달린 마티즈가 도착한 곳은 바다가 보이는 산 아래에 있는 시온원이었다. 시온원은 보육원 이름이다. 입구 쪽에 들어올 때 표지판이 빛에 바래지고 꽤 낡은 걸 보니 오래된 곳이리라 생각했지만, 생각보다 건물의 외관은 깨끗했다.

이지 선배를 따라서 차에서 내린 세 사람은 어리둥절한 표정으로 그 뒤꽁무니를 따라갔다. 한 건물의 사무실 앞에서 이지 선배가 노크하자 안쪽에서 직원으로 보이는 여자가 한 명 나왔다.

"선생님, 저희 왔어요."

"이지 왔니?" 제법 나이가 지긋해 보이는 여자분이 책상에서 일어나 일행을 맞았다.

"안녕하세요. 이지 학교 친구들 맞죠? 오늘 잘 부탁드립니다."

윤정이만큼은 아니지만 보육원 선생님도 꽤나 얼굴이 웃는 상인 것 같았다. 웃을 때 눈 뒤로 이어진 주름이 따뜻해 보였다.

보육원 아이들과 시간을 보내는 건 즐거웠다.

오전에는 한글 읽기가 서툰 아이들과 책을 읽고, 함께 보육원 식당에서 점심을 먹었다. 이지는 작년부터 이곳에 봉사활동을 다녔다고 했다. 보육원 아이들은 대부분 낯을 많이 가리는데 같이 공을 차며 놀면서 가까워졌다고 한다. 이지의 말에 윤정은 내내 감탄하는 듯한 표정을 지으며 탄성을 내질렀다.

"선배, 정말 멋진 사람이었군요. 저도 다음에 이곳에 봉사하러 올게요."

이지는 옛 생각이 난 듯 미소 지었다.

"내가 이곳에서 도움받은 게 더 많아. 위로받았다고 해야 하나."

세 사람이 일제히 이지를 바라보았다.

"내 별명이 팔대영인 거 알지? 그때 학과 사람들이나 아무한테도 말 안 했었는데 사실 마음이 아주 힘들었거든? 그런데 여기서 애들하고 공 차고 놀면서 많이 회복됐어."

팔대영 썰을 본인에게 직접 듣다니. 놀랍기도 하고 당황스럽기도 했다.

"여기서 어떤 위로를 받았어요?"

루나는 처참한 결과를 어떻게 감당했는지 진

심으로 궁금했다.

"그전에는 꼭 이겨야 한다고 생각했던 것 같아. 이기는 결과를 위해서 노력한 거라고 착각해서 괴로웠던 거야. 사실 그냥 공 차는 게 재밌는 건데."

이지는 그 당시를 떠올리는 건지 뜸을 들이다가 말을 이어갔다.

"여기서 애들하고 시간 보내고 같이 공 차니까 재밌더라. 그 후로 괜찮았어. 팔대영이라는 숫자가 창피하긴 한데 패배에 승복해야지."

아마도 윤정은 오늘 이지 선배를 더 좋아하게 된 게 확실해 보였다. 표정을 보면 알 수 있었다.

"오후에 축구 언제 해요? 빨리 선배랑 호흡을 맞추고 싶어요."

시온원은 얼마 전에 풋살장을 만들었다. 운동장을 만들 부지가 크지 않아서 잔디를 깔아서 풋살장 규격에 맞게 만들었다고 한다. 아이들이 공을 차고 놀기에는 꽤 여유 있는 공간이었다. 연두색 잔디 위로 흰색 라인이 선명하게 그어져 있었다. 국문과가 연습하는 학교 풋살장은 잔디가 듬성듬성 빠져 있어서 경기장 라인이 흐릿한 곳이 많았다. 그에 비해 시온원 경기장은 새 경기장으로 보일 정도로 라인도 선명하고 말끔했다.

네 사람은 경기를 준비했다. 처음에는 운동장을 걸으며 소화를 시킨 후에 가볍게 달리거나 스트레칭을 하며 몸을 풀었다. 지수가 이지에게 물었다.

"선배, 그런데 우리 누구랑 하나요?"

그도 그럴 것이, 같이 책 읽은 초등학생 아이들만 풋살장에 있고 다른 아이들은 보이지도 않았다.

"여기 얘네랑 할 건데?"

세 사람은 주변 아이들을 한눈에 살폈다. 제일 큰 애가 150cm 정도, 국문과 중 가장 키가 작은 윤정과 비슷한 신체조건이었다. 나머지는 그보다 작고, 두 명은 아까 이야기했을 때 3학년이라고 했던 것 같다. 아무리 우리가 초보라고 해도 초등학생이랑 해야 할 정도인가? 이지 선배가 우리 반응을 보고 웃었다.

"뭐야. 고등학생이라도 데리고 와서 할 줄 알았던 거야? 그냥 같이 공 차면서 노는 거지."

"식당에서 덩치 큰 애들 보고 긴장했었는데 다행이네요." 안심하는 지수와 달리 윤정이는 더 승

부욕을 불태웠다. "지수야. 어리다고 방심하면 안 돼. 얘네가 우리보다 더 경험이 많을 거야."

상대편을 알게 되고 나니 루나도 어느 정도 긴장감에서 해방됐다. 운동장 곳곳에 흩어져 있던 시온원 아이들과 국문과팀은 푸른 경기장 위로 올라왔다.

이지는 가방에서 주황색 조끼를 몇 개 꺼내더니 루나, 윤정, 지수에게 나눠줬다.

"입어. 팀복이야. 주황 조끼 입은 사람이 우리 편, 안 입은 사람이 상대편이야."

루나는 처음 입어보는 운동용 조끼가 어색했지만, 가벼워서 불편한 감은 없었다. 통풍이 잘되는 매시 재질이었다.

이지가 시온원 아이들 중 두 사람을 가리켰다. "저기 윤정이만 한 애, 키 제일 큰 애 보이지? 저 애랑 그 옆에서 슈팅 연습하는 저 꼬마만 주의하면 돼. 저 두 명이 제일 잘하는 애들이야."

조끼를 안 입은 시온원 아이들이 게임을 시작하기 위해 경기장에 퍼져서 자리를 잡았다. 이지는 루나, 지수, 윤정을 불러 모아서 경기장에 관해서 설명했다.

"여기 풋살장은 우리 학교 풋살장하고 크기가 똑같아. 그런데 인조 잔디라서 잔디가 딱딱하니까 다치지 않게 조심해야 해. 원래 풋살은 한 팀에 다섯 명인데 상대편이 꼬마들이니까 오늘은 우리가 네 명으로 상대하자."

심판 겸 선수인 이지는 목에 걸고 있던 은색 호루라기를 크게 불며 경기 시작을 알렸다.

루나는 골키퍼를 맡았다. 이지가 설명한 작전은 이렇다. 골키퍼 루나를 제외한 세 사람은 공격, 수비를 나누지 않고 자유롭게 경기에 임할 것.

루나는 처음 껴보는 골키퍼 장갑이 신기한지 손을 쥐었다 폈다가 하며 깍지를 껴보기도 했다. 스키용 장갑처럼 두꺼운데도 손을 꽉 잡아주는 쿠션과 그 위에 가죽이 붙어있는 게 신기했다. 루나가 장갑에 정신이 팔린 사이 시온원 아이들은 골키퍼를 제외한 네 명 모두가 국문과 진영으로 밀고 들어오고 있었다. 지수와 윤정이 오른쪽에서 공을 가지고 드리블해 오는 아이한테 동시에 달려들자, 압박당하던 아이는 반대편 다른 아이에게 패스했다. 그

앞을 이지가 가로막았지만, 노마크인 아이에게 패스가 이어져서 골대 바로 앞에서 루나와 일대일 경합 상황이 됐다.

'슛을 할 거야. 지금 찬다. 아까 이지 선배가 말했던 꼬마야.'

아이가 공을 잡자마자 루나가 있는 골대 쪽으로 강하게 찼다. 공이 도착하는 순간, 끝까지 보고 손으로 쳐내야겠다고 생각했는데 공은 순식간에 골대 안으로 들어갔다. 생각보다 훨씬 강한 슛이다. 몸이 저렇게 작은데도 이렇게 세게 찬다고?

어안이 벙벙해진 루나는 이지 쪽을 바라봤다. 이지는 머리 위로 손뼉을 치며 괜찮다고 소리쳤다. "괜찮아! 원래 슛은 이 정도 속도야. 다음엔 꼭 막아!"

지수와 윤정이도 꽤 놀란 눈치다.


국문과 0:1 시온원


이지가 경기장 중앙에서 지수에게 패스하며 다시 경기를 시작했다. 지수가 수비 진영에서 공을 잡자, 상대편 두 명이 바짝 달라붙었고 지수는 깜짝 놀라서 이지에게 다시 공을 돌렸다. 이지는 천천히 상대편 진영 오른쪽 사이드로 드리블을 하다가 수비수가 붙자, 중앙 쪽에서 달려온 윤정에게 패스했다. 경기 중에 처음 공을 받아본 윤정이는 놀란 기색이었다. 골대와 꽤 가깝고 수비수가 붙지 않아서 바로 슛하지 않을까 싶었지만, 머뭇거리는 사이 다른 수비수가 붙어서 슈팅 각도가 나오지 않게 됐다. 수비수는 왼쪽에 있는 지수 쪽으로 패스할 거로 예측했는지, 지수 쪽을 가리며 윤정에게 붙었다. 하지만 윤정은 애초에 패스할 생각이 없었다는 듯 살짝 오른쪽으로 공을 틀어서 골대에 더 가까이 갔다. 뒤쪽에서 지켜보던 루나는 이젠 정말로 슛해야 할 타이밍이라고 생각하다가 결국에는 크게 소리 질렀다. "슛해!"

윤정이의 슛은 아까 봤던 것처럼 빠르지 않았다. 상대편이 받기 좋게 데굴데굴 굴러가서 골키퍼 품에 들어갔다. 골키퍼에게 공이 간 걸 보자 이지는 루나 쪽으로 뒤를 돌아봤다. 루나가 있는 쪽에 상대편 아이들 두 명이 공을 기다리고 있다. 상대편 골키퍼는 기다리고 있는 아이들에게로 공을 찼고, 이지도 전력 질주로 달리기 시작했다.

다시 공이 국문과 진영으로 넘어왔다. 이지가 달려오고 있지만, 지금 이쪽 진영에서는 주의 대상인 키 큰 애가 공을 받고, 그 옆에는 아까 골을 넣은 꼬마가 따라왔다. 루나는 아까처럼 허무하게 먹히지 않겠다는 일념으로 공을 똑바로 바라봤다. 슛하는 순간에 손을 뻗어 막기 위해 집중한다. 루나는 키 큰 5학년 아이가 공을 차려고 자세를 잡자, 슈팅 각도를 좁히기 위해서 골대를 가리며 다가갔다. 그런데 슛하지 않고 옆에 있던 아이에게 가볍게 패스하는 게 아닌가. 아까 골을 넣었던 아이는 볼을 받자마자 비어있는 골대로 가볍게 공을 밀어 넣으며 두 번째 골을 넣었다. 어처구니없는 실점이었다.

국문과 0:2 시온원

두 번째 골까지 먹히자, 윤정이는 고개를 푹 숙였다. 지수는 풀이 죽은 윤정이 등을 토닥이며 다시 우리 진영으로 돌아왔다. 이지는 방금의 전력 질주 여파로 숨을 헐떡이고 있었다. 루나는 순간 불길한

예감에 사로잡혔다. '설마 오늘 팔대영으로 끝나진
않겠지?'

그 후로도 시온원 아이들의 공격은 계속됐고,
국문과팀은 수비만 하다 전반 십오 분을 마쳤다.

국문과 0:4 시온원

이지는 세 사람을 그늘이 있는 벤치로 불러서
물을 나눠줬다. 윤정은 도저히 지고 싶지 않은 모양
이다.

"선배, 우리 이러다가 후반까지 하면 팔대영
되겠어요."

지수도 많이 뛰어서 지쳤는지 말없이 이지를
쳐다본다.

"초등인데도 엄청나게 잘하지? 이제부터 작전
을 알려줄게."

작전이 있다는 이지의 말에 세 사람은 눈이 동
그래졌다.

"잘 들어봐. 시온원 애들 보면 처음에는 다 같
이 공만 쫓아다니다가 자연스럽게 역할 분담이 됐

어. 제일 키 큰 저 5학년 애랑 처음 골을 넣은 저 작은 애까지, 이 두 명은 수비를 안 하고 우리 진영에만 서 있던 거야. 얘네가 수비를 안 해도 나머지로 우리를 막을 수 있다는 거지. 우리 작전은 공을 잡으면 윤정, 지수랑 내가 최대한 빨리 상대편 진영으로 올라가서 숫을 하는 거야. 쟤네가 돌아오기 전에. 그러면 충분히 골을 넣을 수 있어."

작전을 듣던 지수가 이지에게 물었다.

"골을 넣어도 또 먹히면 원점으로 돌아가는 건데 막는 건 어떻게 해요?"

루나와 윤정도 이지의 해답이 궁금한지 이지를 뚫어져라 쳐다봤다.

"이제까지 골 먹힐 때 상황을 다시 돌이켜 보자. 우리가 공격하러 다 같이 올라왔다가 공을 뺏기면 우리 진영에서 기다리던 애들이 공을 받아서 바로 골을 넣었어. 그럼 어떻게 해야 할까?"

지수가 무언가 깨달은 표정으로 말했다. "패스를 못 하게 막으면 돼."

지수의 말을 듣고 이지가 웃었다. "맞아. 빨리 역습 못 하게 막자. 윤정이랑 내가 수비수 애들이

패스하는 걸 막고, 지수가 키가 크니까 골키퍼 앞쪽
에서 바로 패스 길을 차단해."

작전 회의를 마치고 이지는 다시 경기하러 가
자며 일어섰다. 그런 이지를 보는 윤정의 눈이 반짝
였다.

"선배, 역시 다 계획이 있었군요. 이렇게 끝날
경기가 아니었어요."

시온원 애들과 국문과 선수들은 다시 운동장
으로 돌아왔다. 시온원 아이들은 이기고 있어서 그
런지 기분이 좋아 보였다. 특히 계속 골을 넣은 제
일 작은 아이. 루나는 이번에는 기필코 막겠다고 다
짐했다.

국문과 공격으로 게임이 다시 시작됐다. 루나
는 이지가 방금 본인에게만 귓속말로 해주고 간 말
을 속으로 되뇌었다. '루나야. 5학년 키 큰 애는 아
까부터 슛을 안 해.'

이지는 이제부터 제대로 할 생각인지 시작하
자마자 패스하지 않고 저돌적으로 드리블하며 상
대 진영에 발을 디뎠다. 지수가 왼쪽, 윤정이가 오
른쪽에서 언제든 이지 선배의 패스를 받을 수 있도

록 함께 달렸다. 아까 예상한 대로 공격하던 두 아이는 수비를 하러 바로 내려가지 않고 중앙선에서 공이 오길 기다리고 있었다.

이지는 자신에게 수비수가 붙자, 오른쪽에서 기다리던 윤정에게 공을 넘겼다. 윤정은 자신에게 공이 오자마자 따라붙은 수비수를 보고 당황한 기색이 전혀 없었다. 공을 받아서 상대편 진영의 더 깊숙한 곳까지 드리블해서 들어간 후에야 왼쪽 반대편에 혼자 있는 지수에게 공을 보냈다. 수비수는 두 명. 한 명은 윤정에게 한 명은 이지에게 붙었으니, 지수는 골키퍼와 일대일 상황이었다. 지수는 패스하듯 가볍게 키퍼 옆쪽으로 공을 밀어 넣었다. 루나를 포함해서 지수와 윤정은 속으로 많이 놀랐다. 이렇게 간단하게 넣을 수 있다고?

국문과 1:4 시온원

루나는 골을 넣고 우리 진영으로 돌아오는 세 사람을 보자 가슴이 두근거렸다. 자신이 골을 넣은 것도 아닌데 속에서 어떤 감정이 뭉클하게 올라왔다. 나도 공을 차고 싶다.

한 골을 먹힌 시온원 아이들은 조금 더 적극적인 공세를 펴기 시작했다. 수비하던 아이들도 골을 넣으려고 함께 들어오는데, 윤정이가 오고 가는 패스를 중간에서 가로채고 드리블하면서 뺏고 뺏기기를 반복했다. 경기장 중앙에서 경합을 반복하다가 키 작은 골잡이 녀석이 공을 잡고 루나가 있는 골대를 바라봤다. 순간 녀석은 주저 없이 골대 쪽을 향해 중거리 슛을 날렸다. 굉장히 강한 슛이었는데, 거리가 있다보니 루나가 잡을 수 있는 정도의 속도로 포물선을 그리며 날아오고 있었다. 드디어 공을 잡은 루나는 나머지 세 사람을 눈으로 좇았다. 세 사람은 작전대로 빠르게 상대편 진영으로 질주했다. 루나는 힘차게 공을 던졌다. 누구에게 던졌는지도 모르겠고, 아무나 받았으면 하는 마음이었다. 루나의 손에서 출발한 공은 아직 자기 진영으로 돌아가지 못한 시온원 아이들을 지나 상대편 진영에 있는 이지 쪽을 향했다. 이지는 가볍게 공을 받아서 골대 쪽을 노려봤다. 상대편 골키퍼는 이지가 뒤돌아서기 전에 공을 쳐 내려고 골대까지 비우고 경기장 안쪽으로 나와 있었지만, 작전은 실패한 것 같다. 이지는 오른쪽에 있던 윤정에게 공을 패스했고, 윤정이는 빈 골대로 가볍게 공을 밀어 넣으면서 골을 성공시켰다.

국문과 2:4 시온원

루나는 기뻐서 크게 소리를 지를 뻔했다. 그러다 겨우 참고 무슨 말이든 하고 싶어서 윤정을 불렀다. "윤정아!" 윤정은 루나를 보고 힘차게 손을 흔들었다. 후반전이 시작되기 전과 지금, 분위기가 많이 바뀌었다. 시온원 아이들도 편하게 게임을 할 생각을 버린 양 더 진지한 표정으로 경기에 임하고 있었다. 잔디 운동장에는 팽팽한 긴장감이 흘렀다.

시온원 아이들은 서로 패스하고 드리블하며 루나가 있는 골대로 접근하려고 했지만, 나머지 세 사람에게 번번이 차단당했다. 하지만 아이들은 공을 뺏기면 다시 득달같이 달려들어 공을 빼앗았고, 경기장 중앙에서는 어느 진영으로도 공을 가지 못하게 하려고 뺏고 뺏기는 공방전이 이어졌다. 그러다가 이지가 손목시계에서 알람이 울리는 걸 확인하더니, 모두가 들을 수 있도록 소리쳤다.

"앞으로 1분!"

이지가 모두의 시선을 끈 사이 윤정은 드리블을 하며 상대편 진영으로 빠르게 달려 나갔다. 옆에 지수와 이지가 따라가지 못한 걸 알면서도 저렇게 달리는 건 드리블로 제치려는 의도인가, 싶었는데 그 뒤를 수비수가 바짝 따라붙었다. 윤정은 왼쪽 뒤에 붙은 수비수를 견제하며 골대 앞까지 달려갔고 골키퍼는 빠르게 나와서 윤정이의 공을 가로챘다. 공을 뺏은 골키퍼는 루나 쪽 진영으로 공을 걷어냈다.

루나는 긴장으로 온몸이 굳는 것 같았다. 우리 편은 다들 공격하러 올라가서 수비 진영엔 골키퍼인 루나 혼자. 공을 받은 5학년과 키 작은 골잡이가 함께 루나가 있는 골대 앞까지 왔다. 침착하자. 이지 선배의 말을 떠올리자.

5학년은 아직 한 번도 슛을 하지 않았다. 충분히 자기가 슛할 상황이 되었는데도 안 했다는 건 슛에 자신이 없다는 거야. 루나는 5학년 아이가 옆에 있는 꼬마에게 패스하지 못하도록 견제하며 다가

갔다. 5학년 아이는 당황한 기색이 역력한 모습으로 슛을 날렸고, 공은 골대의 저 먼 곳으로 날아갔다.

막았다!

루나는 수비에 성공하자마자 비로소 안도하며 이지와 친구들 쪽을 보았다. 윤정이 소리 지르며 달려왔다.

"슈퍼 세이브!"

루나는 온몸의 세포가 깨어나서 소리치는 것 같은 기분을 느꼈다. 함께 소리를 지르고 싶다. 그리고 잠시 후, 시합 종료라는 이지의 말과 함께 게임은 끝이 났다.


최종 / 국문과 2:4 시온원


루나는 게임이 끝났는데도 전신에서 깨어난 세포들이 쉽게 가라앉지 않고 두근거리는 것 같았다. 심장 소리가 들리는 것 같은 기분이었다. 진짜 들리는 건지 가슴에 손을 대고 확인해 봤다. 지수도 윤정이의 뒤에서 대단했다며 칭찬했다.

"루나야. 무조건 먹히는 상황인 것 같았는데 대단하다. 잘했어!"

이지도 다가와서 칭찬하듯 손바닥으로 루나의 등을 두드렸다. "어땠어?"

루나는 이지의 질문을 듣고 지금 기분이 어떤지 설명해 주고 싶다는 생각이 들었다. 흥분되고 짜릿한 지금 이 기분을 어떻게 설명해야 할까. 한참 속으로 설명할 말을 찾는데 이지가 먼저 말했다.

"재밌었지?"

루나와 지수, 윤정 세 사람은 함께 고개를 끄덕였다. 루나는 다시 자기 입으로 말했다.

"진짜 재밌었어요!"

역대급으로 피곤했던 루나는 그 자리에 힘없이 주저앉았다. 체력이 모두 소진돼 버린 듯 더 이상 움직일 수가 없었다. 하지만 거스를 수 없는 저녁 일정이 기다리고 있었다. 바로 알바 타임이었다.

설상가상 그날따라 루나가 일하는 고깃집에는 평소보다 손님이 많았다. 퇴근할 즈음 계산대에서 흘깃 포스기를 엿보니 평소보다 훨씬 많은 매출액이 찍혀 있었다. 겨우 집에 돌아와 거실 바닥에 드러눕자 헝클어진 머리카락에서 고기 냄새가 맡아졌다. 고기를 굽고 나서 가장 냄새가 많이 배는 부위는 머리카락과 손톱이었다. 루나는 코에 손톱을 대어보고 자기도 모르게 욱! 하고 신음 소리를 내뱉었다. 머리카락보다 몇 배나 역한 냄새가 올라왔다. 오늘은 정말 힘든 날이었다. 이대로 누워서 잠들어도 되지 않을까. 그렇게 생각하는 찰나에, 휴대폰에서 진동이 울렸다.

　　루나야. 나 학원 알바 이제 끝나서 연습 가려는데
　　같이 가줄 수 있어?

　　윤정이다. 시간은 11시 10분. 너무 피곤한데 하필 오늘 같은 날 연습을 하려는 걸까? 지수도 나온다고 하면 나는 빠져도 되겠지. 지수도 오는지 물어봤다.

　　지수는 자는지 답장이 없어. 루나 너도 씻고 자려고
　　누워 있어?

누워 있긴 한데 씻지는 않았다. 윤정은 아마도 지금 잘 것인지를 묻는 눈치였다. 루나가 나가지 않으면 혼자라도 나갈 기세였다. 그러니 함께 가줘야 할 것이다. 심야에 혼자 운동장에서 공놀이하는 윤정의 모습을 상상하면서 루나는 대답했다.

나갈게.

함께 연습하자고 해서 나갔지만, 루나는 윤정이 연습하는 모습을 말없이 지켜보았다. 풋살장에 열 개의 노란색 플라스틱 콘이 1미터 간격으로 길쭉하게 세워져 있다. 윤정은 콘 사이를 S자 모양으로 가로지르며 몸을 풀었다. 자주 하는 훈련인지 제법 자연스럽다.

윤정은 항상 웃는 얼굴이다. 아니면 얼굴 자체가 웃는 상인지도 모르겠다. 함께 있을 때 항상 반달눈으로 웃는 표정이었는데, 운동할 때는 전혀 그렇지 않았다. 루나는 윤정에게서 평소와는 다른 진지한 결의를 보았다. 그것은 루나가 한 번도 느껴보지 못했던 신선한 자극이었다.

"루나! 공 좀 던져줘!"

루나가 공을 던져주니 이번에는 드리블하면서 연습 콘 사이를 걷기 시작했다. 체구가 작은 윤정이 요리조리 공을 차며 돌아다니는 모습이 제법 민첩해 보였다.

"윤정아! 너 진짜 선수 같아!" 윤정은 루나 쪽을 보며 활짝 웃더니 다시 운동에 몰입했다.

걷고 달리며 드리블할 때 발에서 공이 별로 멀어지지 않았다. 반복된 연습 덕분이었다. 걸으며 드리블하다가 갑자기 달리며 드리블하는 윤정을 보면서 루나는 섀도복싱을 떠올렸다. 복서들은 상대편이 있다고 상상하고 연습한다는데 윤정이도 그런 상상을 하면서 저렇게 속도 조절을 하는 걸까? 연습이 끝났는지 가쁜 숨소리를 내며 윤정이 다가왔다.

"어때? 실력 좀 늘었어?" 루나가 고개를 끄덕이며 엄지를 치켜세웠다.

"이것 봐. 유튜브 보면 드리블 강의 영상 많아."

윤정은 폰으로 유튜브를 켜서 자신이 보는 축구 강의 채널들과 영상 몇 개를 보여줬다.

"여기 이 사람 봐봐. 다른 선수들보다 체구가 엄청 작아. 그런데 드리블은 이 사람이 세계에서 제일 잘한대."

축구를 잘 모르는 루나가 봐도 왜소해 보이는 영상 속 선수는 혼자서 가볍게 여러 명의 수비수를 제치며 골을 넣고 있었다.

"너도 이렇게 되려고 연습하는 거야?" 진지한 질문에 윤정이 웃음이 터졌다.

"내가 어떻게 이렇게 해. 그런데 이 사람이 공 차는 거 보면 다른 사람들하고 다른 게 있어. 드리블할 때 공이 발에서 떨어지지 않아."

정말이다. 전력 질주를 할 때도 공이 몸에서 멀어지지 않고 항상 가까이에 공을 두고 드리블한다. 마치 발끝에 공과 연결된 투명한 고무줄이라도 있는 것처럼.

"그래서 나도 그걸 중점적으로 연습하고 있어. 발에서 공이 안 떨어지게. 몸이 작은데도 다른 사람들보다 잘할 수 있다는 건 정말 대단한 능력 같아. 이 사람은 얼마나 연습했을까?"

루나는 모르겠다는 듯 고개를 저었다.

"글쎄. 선수니까 매일매일 피나는 노력을? 하겠지?"

"그 말 웃기다. 피나는 노력. 루나 너는 오늘 운동 안 해? 나 때문에 나온 거야?"

"응. 그런데 괜찮아. 나도 바람 쐬러 나와서 좋은데."

"안 심심해?"

루나는 웃으며 고개를 끄덕인다.

"너 하는 거 보니까 재밌어."

"패스 연습도 하고 싶은데 같이 할까?" 루나는 또 고개를 끄덕였다.


○


며칠 동안 윤정은 밤 운동을 이어 나갔다. 그리고 어김없이 아르바이트를 마치고 고단해서 지쳐 쓰러져 있는 루나를 일으켜 세워 운동장으로 초대했다. 처음엔 마지못해 시작한 운동이었지만 연습 훈련이 하루 일과의 마지막 루틴으로 자리잡자 루나의 태도도 바뀌었다. 전보다 몸도 한결 가벼워지는 느낌이었다.

풋살장 안에 있던 연습용 콘을 정리하고 두 사람은 가볍게 공을 주고받았다. 발목 안쪽으로 공을 밀어주는 인사이드 패스. 공을 가장 정확히 전달해 줄 수 있는 패스로, 가장 기본이 되는 패스이기도 하다. 마주 보고 패스를 주고받다가 루나는 문득 진지한 윤정의 얼굴이 한없이 낯설어 보였다.

"윤정아, 너 연습 진짜 많이 한 것 같아. 내가 봐도 알겠어."

루나도 패스하다 보니 몸이 조금씩 달아오르는 게 느껴졌다.

"당연하지. 이지 선배랑 함께 우리 우승해야지."

루나는 잠시 상상해 봤다. 만약에 체육대회 때 우승을 못 하게 되면 어떻게 될까. 윤정은 농담이 아니라 정말 해피엔딩을 기대하고 있는 걸까.

"우리가 우승할 수 있을까? 만약 우승 못 하게 되면 슬플 것 같아?"

패스를 받은 윤정은 잠시 후 자기 발 앞에 공을 멈춰 세웠다. 진짜 자기가 슬플지 생각해 보는 것 같다. 잠시 후 윤정은 다시 루나에게로 공을 패스했다.

"다 같이 노력했는데 우승하는 게 좋지 않겠어? 그렇지만 못하더라도 괜찮을 것 같아. 같이 운동하면서 우리도 친해질 수 있었고, 재밌는 추억도 많이 생겼잖아."

"우승하려고 이렇게 밤마다 연습했는데도 정말 괜찮을까?"

말을 듣던 윤정은 놀란 표정으로 공을 놓치고, 흘려버린 공을 다시 주워 왔다.

"꼭 우승해야 해서 이렇게 연습하는 건 아니야. 나는 내가 뭐든지 능숙해지면 좋겠어. 서투른 게 싫어. 그래서 계속 연습 안 하면 마음이 불편해. 연습할수록 그나마 나아지는 걸 아니까."

루나는 그동안 자신이 무얼 이렇게 열심히 계속해 본 적이 있던가, 생각해 봤다.

"무슨 생각해? 루나 너는 어떨 것 같아? 우승 못 하면 슬플 것 같아?"

사실 우승하는 상상을 해본 적이 없다고 말하면 윤정이가 화를 낼까. 루나는 조심스럽게 입을 열었다.

"난 사실 성향이 좀 달라. 애매하게 노력하다 포기해 버리느니 애초에 기대를 안 하는 게 좋지 않을까 싶어. 그렇다고 우승을 절대 못 한다는 건 아니야. 하지만 노력만큼 결과가 따라오지 않을 수도 있잖아. 그땐 우리가 어떻게 되는 걸까 싶은 거야."

사실 루나는 윤정이 많이 걱정됐다. 두 사람이 아르바이트하는 곳은 다르지만, 루나는 알고 있었다. 학교 수업이 끝나고 알바를 다녀오는 게 얼마나 힘든지, 몸 안에 모든 에너지가 사라진 느낌. 체력이 완전히 고갈되어 바로 잠들어서 회복해야 할 것 같은데 자정이 돼가는 시간까지 공을 들고나와서 연습하는 윤정이 걱정되었다. '이러다 네가 쓰러지기라도 한다면 …' 루나는 생각만 해도 끔찍했다. 만일 이렇게 최선을 다했는데 원하는 결과를 얻지 못하면 우리의 이 시간과 노력은 어디에서 보상받을 수 있는 걸까. 윤정은 그런 걱정은 일체 하지 않는 사람처럼 싱그러운 반달눈으로 웃고 있었다.

"나도 알아. 사실 우승하는 게 어렵다는 거. 매년 우승하는 체육학과를 어떻게 이기겠어. 물론 이길 수도 있겠지. 그래도 연습하는 게 좋아서 하는 거야. 걱정하지 마. 우승 못 해도 안 슬퍼!"

루나는 왠지 윤정의 파이팅 정신에 자기가 초
를 친 것 같아 미안했다.

"그런데 루나야. 아까 유튜브 영상에서 드리블
하던 사람 말이야. 그 사람을 보면서 내가 느낀 건
데 참 쉬워 보이게 공을 차는 것 같아. 축구 도사라
고나 할까? 나는 뭐든지 능숙한 사람이 참 부러워.
대체 그 사람은 얼마만큼 연습했을까?"

"그러게. 재능의 영역이 없다고는 못 하겠는데
그게 전부라고도 못 하겠어. 윤정이 너 하는 거 보
니까."

윤정은 입꼬리만 겨우 올리며 씁쓸한 미소를
지었다.

"늦었는데 연습은 여기까지 해야겠다. 이제 힘
들어."

루나는 지금의 우울한 상태로 집에 가면 안 될
것 같아 윤정에게 제안했다.

"편의점에서 음료수 마시고 가자."

루나는 윤정의 연습 모습이 담긴 동영상을 단
톡방에 올렸다.

○

학교 대운동장의 바깥으로는 달리기 트랙이 있다. 저녁에도 대운동장 조명이 켜져 있어서 트랙을 걷거나 달리는 사람들이 많았다. 동네 주민들도 자주 산책을 나오곤 했다.

루나, 지수, 윤정 세 사람은 저녁 산책 모임을 만들었다. 윤정이 우승을 노리려면 지금 체력으로는 안 된다며 저녁에 모여서 체력단련을 하자고 제안했다. 하지만 정작 윤정 본인은 학원에 아르바이트하러 간다며 나오지 않았다.

"요 며칠 쌀쌀했던 것 같은데 오늘은 포근하다. 루나야. 내가 신기한 거 알려줄까?" 바람에 휘날리던 머리카락을 지수가 묶으며 말했다.

"뭔데?"

"전에 네가 왜 팀에 들어왔는지 물어봤었잖아. 나도 그 이유를 몰랐는데 이제 알 것 같아."

지수는 멈춰서서 신발 끈을 다시 묶었다.

"왜 팀에 들어온 건데?" 궁금하다. 왜 해본 적도 없는 운동을 하겠다고 나선 걸까. 루나의 마음을

모르는 건지 대수롭지 않게 지수는 발목을 돌리며
루나에게 말했다.

"삼십 분 동안 같이 달리자. 그럼 알 수 있어."

"삼십 분이나? 나 그렇게 오래 달려본 적 없어.
체력이 안 될 것 같은데."

지수는 안심하라는 듯 웃었다.

"천천히 달려도 돼. 힘들면 걷는 속도로 달려
도 되고. 딱 삼십 분을 채우는 거, 그게 중요해."

루나는 지수와 함께 달리기 시작했다. 대운동
장 트랙을 두 바퀴 돌고 나니 숨이 차올랐다. 지수
는 힘들지도 않은지 속도가 전혀 줄지 않았다. 오히
려 빨라졌다. 내가 느려진 건가. 루나는 몸 안에 있
는 공기가 호흡할 때 전부 빠져나와서 숨쉬기가 고
통스러웠다.

루나의 가빠진 숨소리를 들었는지 지수가 속
도를 늦추며 말했다.

"내 속도에 맞추지 말고, 네 속도에 맞춰! 힘들
지 않을 만큼 천천히 뛰면 돼."

안 힘든 속도로 뛰라니. 무슨 말인가 싶다. 걷
고 싶다. 아니 멈추고 싶어.

"루나야. 걷는 속도여도 괜찮아. 뛰는 걸 멈추지만 마."

지수도 말할 때 숨이 가쁜 것 같지만, 안정적으로 호흡을 잡으려 노력하며 말하는 게 느껴진다. 루나는 일단 속도를 늦췄다. 걷는 속도쯤 되려나. 뛰고 있는 건지 걷고 있는 건지 구분이 안 될 정도의 속도지만 호흡이 돌아오고 있는 게 느껴졌다. 뻐근하던 발이 조금 느슨해졌다. 호흡이 어긋나지 않게 최대한 짧은 말로 지수에게 대답했다.

"이렇게 뛰어도 뛴 걸로 치는 거야?"

지수는 고개를 끄덕이며 대답하더니 루나의 뒤로 들어갔다.

"내가 뛰는 속도에 맞추려고 하다 보면 힘들 수도 있어. 내가 뒤에서 뛸게. 30분만 채우자. 벌써 절반이야."

벌써 15분이 됐다니, 하고 중얼거린 루나는 이정도 속도면 남은 시간도 버틸만하겠다고 생각했다. 뛰면서 말할 때도 호흡을 조절하는 지수처럼 숨 쉬는 걸 조절하자. 힘들다고 제멋대로 숨을 쉬면 안 되는 것 같아. 힘들다고 안에 있는 숨을 다 뱉어버리지 말고 숨을 크게 들이마셨다가 내뱉자.

호흡이 돌아오니 제법 여유가 생겼다. 뛰면서 발이 부었는지 운동화 끈이 꽉 조여진 것처럼 느껴진다. 발목의 고통은 속도를 늦추니 괜찮아졌다. 아까부터 달릴 때 계속 같은 방향으로 흔들어서 앞뒤로 팔을 젓는 바람에 어깨가 아파왔다. 왜 지수가 뛰기 전에 어깨를 휘저으며 몸을 풀었는지 알 수 있을 것 같았다.

달리는 속도를 늦추고 자세를 교정하니, 힘들지 않게 편한 속도로 달리자는 말의 뜻을 이해할 수 있었다. 그래도 루나는 최소한의 단어로 지수에게 말했다.

"편한 속도로 뛰라는 말, 이제 무슨 뜻인지 알 것 같아!" 지수는 남은 시간을 외치며 루나의 등을 밀어내듯 두드렸다. "앞으로 십 분!"

트랙 위에 사람들이 거의 없다. 뒤에서는 따라오는 지수의 발걸음 소리가 들린다. 루나는 호흡을 가다듬으며 천천히 달렸다. 걷고 있는 건지 뛰고 있는 건지 헷갈렸지만 계속 달리다 보니 뛰는 감각이 모호해졌다. 속도를 올려봤다. 아까보다 몸이 가볍지만, 이 속도로 오래 달리진 못할 것 같았다. 가끔 불어오는 포근한 바람이 느껴졌다. 시원하지도 그렇다고 덥지도 않은 바람이 기분 좋게 몸을 감싸 안고 있어서 중력을 밀어내는 기분이었다. 루나는 몸이 가벼워져서 더 빠르게 달리고 싶다. 지수가 뒤에서 달리다가 옆으로 바짝 다가왔다.

"루나야. 일 분 남았어. 일 분 동안 더 빨리 가 보자!"

루나는 고개를 끄덕이며 페이스를 올린다. 전력 질주는 아니지만 더 빠른 속도. 남은 일 분 동안 속도 조절이 중요하다. 지금의 속도로 달리면 곧 모든 에너지가 소진될 것이다.

"루나! 30초!"

속도를 더 내자. 아직 힘이 더 남았어. 더 빨리!

삼십 초를 달리는 동안 루나는 속으로 남은 시간을 세며 전력을 다했다. 지수는 힘들지도 않은지, 달리는 루나를 바짝 쫓아왔다.

5, 4, 3, 2, 1, 다 왔다.

루나는 몸에 있는 모든 에너지를 다 쓴 것 같았다. 트랙 안쪽 운동장으로 들어가 벌러덩 드러누웠다. 숨을 헐떡이는 루나 옆에 지수도 함께 누웠다. 지수에게서는 거친 숨소리가 들려오지 않았다. 헉헉대던 루나의 숨소리가 천천히 잦아들었다. 지수도 숨을 고르며 루나의 숨이 돌아오길 기다렸다.

지수가 먼저 말을 꺼냈다.

"러너스 하이. 달릴 때 느껴지는 야릇한 쾌감을 말하는 거래. 삼십 분 정도 달리면 느껴진대. 너도 느꼈어?"

아직 숨을 덜 고른 루나가 겨우 대답한다.

"왠지 알 것… 같기…도 해."

"난 원래 달리는 걸 좋아해. 달리다 보면 처음엔 힘들어도 그 시간이 지나면 더 뛸 힘이 생겨."

루나는 오늘 나도 그랬어,라고 말하고 싶었지만 계속 지수의 이야기를 들었다.

"이렇게 달리다 보면 내 몸 안에 감각이라고 해야 할까. 그런 게 하나씩 깨어나는 게 느껴져. 몸 구석구석 어디든, 어떻게 몸을 쓰고 있는지에 대한 감각이 더 섬세하게 느껴지더라고. 그러고는 머리가 하얘져서 계속 달리는 거야."

드러누워서 숨을 고르던 루나는 이제야 하늘

의 별들이 눈에 들어왔다. "나도 그랬어. 속도를 늦추니까 다리가 불편하던 게 편해졌어. 또 몸을 어떻게 사용할 수 있는지 느껴지더라고. 그리고 삼십 분이 다 되어 가는데…"

지수는 루나의 말을 가로챘다.

"아쉬웠지?"

"응. 더 달리고 싶었어. 힘이 남은 것 같았어. 다시 힘이 생긴 것 같았어."

"그래서 난 요즘 더 자주 달리는 것 같아. 축구도 하다 보면 러너스 하이가 올 텐데 그땐 어떤 느낌일까 궁금해. 이지 선배가 그러는데 팀 스포츠에서 느끼는 쾌감은 표현할 수 없을 정도로 크고 행복하대."

"지수야. 이지 선배가 너한테도 숙제 내준 거 있어? 나는 슈팅 연습하라고 했고, 윤정이한테는 드리블 연습시켰거든."

지수는 무언가 떠오른 듯 손뼉을 쳤다.

"아, 있다. 나는 숫이 아니라 공이랑 친해지는 연습을 하라던데? 완전히 잊고 있었어."

루나는 공이랑 친해지는 게 뭔지 궁금했다.

"그게 뭔데?"

"나도 그걸 모르겠다고 너처럼 물어봤어. 그랬더니 헤딩 연습하라고 하더라고. 공을 위로 던졌다가 내려올 때 이마로 툭툭 받으래. 가볍게 밀어내듯이. 그 후에는 공을 발이랑 가슴이랑 어디로든 받을 수 있게 해보라던데. 그걸 뭐라고 하더라. 아, 트래핑! 트래핑이라는 기술이래. 공을 받는 기술!"

루나는 저런 숙제보다는 숏 연습이 나을 것 같다는 생각이 들었다. 그러고는 다시 하늘에 있는 별을 보며 지수가 말한 '러너스 하이'라는 말을 되새겨 봤다. 풋살을 하면서도 느낄 수 있을까.

"이지 선배 말이야. 정말 우승할 생각인가 봐."

지수도 하늘의 별을 보다가 웃었다.

"그러게. 정말 진심으로 우승을 노리고 있는 것 같아."

두 사람은 한동안 잔디 구장에 누워 이야기를 나누다 집으로 돌아갔다.

오늘 저녁에 풋살장에서 연습할 사람 모집

루나는 이지가 단톡방에 올린 메시지를 보고 풋살장에 나왔다. 몇 시인지는 알려주지 않아서 물어볼까, 했지만, 그러지 않았다. 굳이 시간을 맞추느니 혼자서 편한 시간에 연습하다 들어가자. 이지와 연습하고 싶어서 나왔다기보단 이제 저녁에 풋살 연습을 하는 게 일과가 됐다.

집에서 저녁을 먹고 조별 과제 자료조사를 꽤 빠르게 마친 루나는 여덟 시쯤 풋살장에 나왔다. 주황색 가로등 불빛이 풋살장 의자를 스포트라이트처럼 비치고 있었다. 정작 경기장은 어두컴컴했다.

'아직 아무도 안 왔네.'

루나는 전에 이지가 알려줬던 경기장 입구 쪽에서 조명 스위치를 켰다. 어두워서 으스스해 보이던 경기장이 환하게 드러나며 잔디가 초록색으로 빛났다. 눈부신 조명 빛이 경기장 주변까지 뻗어나갔다.

우선은 워밍업. 루나는 공을 발로 툭툭 차며 풋살장을 몇 바퀴 돌았다. 걸을 때 공을 살짝 앞으로 밀었다가 다시 그 공으로 다가간다. 공과 가까워지면 다시 공을 앞으로 밀고 따라간다. 그렇게 공을 밀면서 함께 움직이면 드리블이 된다. 하지만 공을 튕기면서 원하는 쪽으로 달리는 건 쉬운 일이 아니었다. 윤정이 연습하는 걸 봤을 때는 그랬다. 속도가 안 붙었을 때는 쉽게 드리블이 되는데, 전력으로 달릴 때는 공을 컨트롤하는 게 어려워진다.

나도 한번 해볼까. 속도를 좀 올려봤다. 가볍게 달리면서 드리블을 해보는데, 생각보다 몸과 공이 멀어지지 않는다. 한번 빨리 달려볼까. 공을 앞으로 밀면서 전력으로 달려봤다. 달리기 시작한 지 3초도 안 돼서 공을 놓쳤다. 역시 어렵구나. 시온원에서 상대편을 앞에 두고도 달리며 드리블하던 윤정이 새삼 대단하게 여겨졌다.

경기장을 돌면서 몸을 푸는데, 이지가 풋살장에 들어오며 루나를 불렀다. "루나야! 왔어?"

이지가 들고 있는 비닐봉지 안쪽이 비쳐서 이온 음료가 들어있는 게 보였다. 이지 옆에 낯선 사람 한 명이 따라 들어왔다. 루나의 물음표가 뜬 표정에 이지가 즉시 답을 했다.

"이쪽은 우리 학과 4학년 권지현이야. 나랑 친구 사이이고, 우리 팀에 새로 들어왔어."

루나가 꾸벅 인사부터 했다.

"안녕하세요."

"잘 부탁해. 이지 연습 도와주다가 재밌길래 같이 하기로 했어. 네가 루나구나?"

이지는 서둘러 대화 주제를 돌렸다.

"지현이가 골키퍼를 볼 거야. 루나가 골키퍼 바로 앞에서 골대를 지키는 최종 수비수고. 수비 핵심인 두 사람이 경기 때 소통이 잘 돼야 하니까 오늘부터 친해지면 딱이겠다."

이지는 가방에서 공을 꺼냈다. 세 사람은 십 분 정도 가볍게 달리면서 몸을 푼 뒤, 삼각형 진형으로 서서 패스를 연습했다. 처음에는 땅볼로 패스를 주고받았다. 가장 정확하게 주기 쉬운 땅볼 패스, 그 후에는 더 큰 삼각형 모양으로 멀어진 후에 롱볼 패스 연습을 했다. 패스 연습이 끝난 후에는 골키퍼를 맡은 지현의 개인 훈련을 이지와 루나가 도와주기로 했다.

이지가 지현에게 개인 훈련 숙제로 내준 건 던지기 패스였다. 골키퍼만이 유일하게 손으로 패스를 할 수 있다. 발보다 정확하게 줄 수 있는 던지기 패스를 잘 활용하면 큰 도움이 될 거라고 이지가 설명했다. 지현의 던지기 패스 연습이 끝난 후에 세 사람은 풋살장 중앙에 앉아서 이지가 사 온 음료수를 마셨다.

핸드폰으로 시간을 본 루나가 말했다.

"이제 슬슬 집에 갈까요?"

지현도 이지를 보며 대답을 기다렸다.

"루나도 슛 연습 해야지. 늘었나 볼까?"

슈팅을 보여달라는 말에 루나는 일어나서 공을 가지고 골대 앞까지 갔다. 최종 수비에 있을 자신의 자리에 서서 반대편 골대를 본다. 처음 풋살을 할 때는 경기장이 굉장히 넓어 보였는데 지금은 그렇지 않았다. 상대 진영으로 공격하러 갔다가 금방이라도 우리 진영으로 돌아와서 수비를 하다 보니 더 작게 느껴지는 것 같다. 그런데 이지 선배가 연습하라고 한 중거리 슛을 연습할 때면 다시 경기장이 크게 느껴졌다.

오늘따라 슛이 멀리 날아가지 않는다. 겨우겨우 온몸의 힘을 쥐어짜서 공을 걷어차면 겨우 골대까지 공이 날아갈까 말까. 그중에서도 공이 힘 있게 가지 못해서 땅볼로 굴러가는 경우가 유난히 많았다. 골대까지 겨우 굴러가는 슛이 들어갈 리가 없다. 이지와 지현은 몇 번이고 루나가 찬 공을 주워 왔다. 루나는 애초에 자기가 중거리 슛이 가능한 사람일까, 의문이 들었다.

아무래도 오늘은 컨디션이 좋지 않다. 공이 멀리 가지 않아서 몸에 힘을 주면 줄수록 발에 공이 맞지 않는다. 이지가 공을 주워 오다 지쳤는지 루나를 불렀다.

이지는 핸드폰으로 유튜브 영상 하나를 켜서 루나에게 건넸다. '골 모음 하이라이트'라는 제목의 동영상에는 손흥민의 골 장면만 편집돼 있었다. 흰색 유니폼을 입은 손흥민은 골대와 먼 곳에서도 골키퍼의 손이 닿지 않는 곳으로 슈팅을 찬다.

'설마 나보고 이렇게 차라는 건가?'

루나의 속마음을 읽었는지 이지가 먼저 말을 꺼냈다.

"이렇게 차기 어려운 건 알아. 그런데 똑같이 차라는 게 아니라 자세히 보면 너랑 다른 게 있어. 이 선수의 슈팅은 공을 차기 전에 차기 좋게 앞으로 밀어두는 것부터 숫이 시작돼. 그런데 루나 너는 공을 차는 순간에 강하게 힘을 주는 것만 신경 쓰는 것 같아."

"멀리까지 공이 안 갈 것 같아서 몸에 자꾸 힘이 들어가요."

"괜찮아. 연습하다보면 언젠간 분명히 쏘니처럼 찰 수 있어."

루나의 얼굴에 물음표가 떴다.

"쏘니가 누군데요?"

"프리미어리그의 토트넘이라는 팀에서는 손흥민을 쏘니라고 불러. 영상 속에 손흥민처럼, 루나 너도 할 수 있게 될 거야."

골 모음집 영상을 본 루나는 다시 공 앞에 서서 숨을 고르며 슈팅할 준비를 한다. 저 멀리 반대편 골대가 있는 곳을 보며 이지가 알려준 중거리 숫 차는 방법에 대해 차분히 되새겼다. '공을 차기 좋게 앞으로 살짝 밀어둔다. 앞에 있는 공까지 몸을 기울이며 공에게 다가가는 스텝의 힘으로 강하게 찬다. 공에 맞는 부분은 오른쪽 발등 살짝 안쪽, 인프런트 킥.'

다리 힘만으로 차는 게 아니다. 허리를 회전시

키는 힘과 공으로 이동하는 체중을 실어서 동시에 강하게!

빵! 슛을 날리는 순간에 발과 공이 부딪치는 소리가 크게 터져 나왔다. 주변이 조용해서 그런지 더욱 크게 울렸다. 방금 루나의 슛으로 뻗어나간 공은 반대편 골대까지 단숨에 날아갔다. 소리만큼 공의 속도도 평소보다 훨씬 빨랐다. 공을 찰 때 발등에 공이 얹어지는 묵직한 느낌이 있었다.

슈팅을 본 지현과 이지의 눈이 동그래져서 루나를 향했다. 가장 놀란 표정을 짓고 있는 건 공을 찬 루나였다. 지현이 달려와서 루나에게 하이 파이브를 했다. 이지도 즐거운 얼굴로 공을 다시 주워 오며 말했다.

"언젠간 연습하다 보면 발등에 공이 얹어져서 강하게 날아가게 될 거라고 했지? 다시 해봐. 이 느낌이 사라지기 전에!"

루나는 전에는 그 말의 뜻을 몰랐지만, 이제는 무슨 뜻이었는지 확실히 알 것 같았다. 발등에 공이 얹어진 묵직한 느낌, 제대로 슛이 들어간 기분은 이루 형용할 수 없는 쾌감 그 자체였다. 발등을 타고 전류처럼 솟구친 쾌감이 루나의 가슴까지 올라왔다. 집에 갈 시간이 됐는데도 세 사람은 한동안 풋살장을 떠나지 않았다.

○

결전의 날, 체육대회 당일 루나는 아침 일찍 눈이 떠졌다. 밤잠 설칠 걸 예상해서 지난밤에 일찍 침대에 누웠다. 그런데 눕자마자 잠들었는지 뒤척인 기억은 없고 아침 일찍 개운하게 일어났다. 학교에 도착하니 아침 아홉 시. 풋살장에 도착하니 다른 팀원들은 루나보다 먼저 와서 몸을 풀고 있었다. 윤정과 지수는 서로 공을 주고받으며 이야기하다가 걸어오는 루나를 보고 손을 흔들었다. 이지는 운동장 구석 바닥에 앉아서 지현에게 메모한 것들을 보여주며 무언가 설명하고 있다.

다섯 명의 팀원이 모두 모이자, 이지가 모두를 풋살장 가운데로 모으고 바닥에 앉았다. 이지는 가방에서 유니폼을 꺼내 하나씩 나눠줬다.

"자, 우리 팀복이야. 토너먼트 나간다고 학과에서 맞춰줬어."

루나는 유니폼을 펼쳐서 들어 올렸다. 흰색 배경에 목과 팔 밴드 부분이 네이비색으로 포인트가 되어 있는데 디자인이 세련되고 깔끔했다. 유니폼 뒤쪽에는 등번호도 적혀있다. 루나는 7, 윤정이는 6, 지수는 9. 윤정이가 신나서 이지에게 물었다.

"선배는 몇 번이에요?"

"나는 10번이야. 지현이는 1번. 자, 그러면 오늘 일정을 알려줄게."

루나, 윤정, 지수, 지현은 모두 이지에게 집중했다.

"오늘 여자부 풋살은 토너먼트식으로 진행돼. 결승까지 간다면 우리는 총 세 경기를 치를 거야. 첫 경기는 오전 10시 30분, 그다음은 오후 1시, 대망의 결승은 오후 4시야. 준결승까지는 여기 풋살장에서 진행되고 결승은 대운동장 풋살장에서 해. 다른 체육대회 종목들도 같이 진행되고 관중도 많을 거야."

루나는 옆에서 침을 꿀꺽 삼키는 윤정을 보고

웃을 뻔했다.

지현이 이지에게 물었다. "토너먼트니까 한번 지면 끝인 거지?"

"응. 한번 지면 끝이야. 그리고 우리는 후보가 없어. 우리 다섯 명이 끝이야. 후보 봐줄 수 있는 애들이 있나 알아봤는데 못 구했어. 우리는 한 명이라도 부족해지면 끝이니까 절대 다치면 안 돼."

이지의 말을 듣고 루나는 왠지 긴장됐다. 한번 지거나 한 명이라도 다쳐서 출전 못 해도 끝이다. 알고 있던 사실인데 막상 들으니 더 실감 났다.

지수가 이지를 보며 손을 들었다.

"작전은 없나요? 지난번에 연습할 때도 작전을 듣고 게임을 하니까 훨씬 잘 된 것 같아서요."

윤정도 지수를 보더니 손을 들고 말했다.

"선배, 무조건 이기는 방법을 알려주세요."

윤정의 말을 듣고 다들 웃음이 터졌다. 한참 웃고 나서 이지가 말을 꺼냈다.

"다들 내가 내준 숙제는 잘 해왔지? 이제 오늘 우리의 작전을 알려줄게."

○

첫 번째 경기 상대는 사회대의 경영학과. 루나와 국
문과 팀이 모여 운동하는 풋살장으로 열 시쯤부터
사람들이 모였다. 운동복을 입고 온 사람들을 보니
경영학과 학생들인 것 같다. 다들 초록색 티셔츠를
입고 있다. 윤정이가 인원수를 세더니 루나 쪽으로
달려왔다.

"저쪽은 여섯 명이야! 후보 선수가 있나 봐."

지수가 고개를 저으며 작은 소리로 말했다.

"저 뒤쪽에 음료수 들고 있는 분은 왜소해 보
이긴 한데 남자인 것 같아."

경영학과도 단출하게 경기에 참여하는 인원만
참석했다. 경기 시작 십 분 전에 총학생회에서 온
두 명의 심판이 선수들을 경기장 가운데로 모았다.
심판은 재학 중인 학생 명부와 경기에 참여하는 학
생들의 학생증을 확인했다. 과도한 몸싸움 금지, 경
기 시간은 전후반 15분씩 총 30분, 욕설 및 폭행 시
즉시 퇴장 등 몇 가지 주의 사항을 설명한 후 경기
가 시작되었다.

초보인 루나가 보기에도 경영학과의 작전은 너무 단조로웠다. 딱 한 명만 공격 진영에 올라와 있고 나머지는 모두 수비 진영에 머문다. 어떻게든 공격을 막아내고 반대편으로 걷어내면 공격수 한 명이 해결한다. 못 넣을지언정 먹히지 않겠다는 작전이었다.

점심을 먹고 오후 경기는 1시에 시작되었다. 상대는 간호학과. 풋살장에 도착하자 파란색 면티를 맞춰 입은 사람들이 보였다. 아마도 간호학과생들인 것 같았다. 그런데 응원하러 온 학생들인지 관중석에 앉은 사람들도 보였다. 윤정이는 또 상대 진영 숫자를 세서 루나에게 다가왔다.

"루나야. 간호학과는 응원단도 왔나 봐. 없던 힘도 생겨나겠는데?"

지수가 모여있는 사람 중에서 몇 명을 가리켰다.

"자세히 보면 우리 학과 사람들도 있어. 저기 봐. 회장 오빠랑 고기 굽던 예비역 선배들."

어깨를 돌리며 스트레칭 하던 지현이 말을 보

됐다. "인문대 체육대회 때도 학과 사람들 응원 오지 않았어? 오전에는 아마 아침 일찍이라 안 왔을 거고. 오후 경기에는 학과 사람들도 응원 올 거야."

루나는 그날의 헛발질이 떠올라서 괴로울 뻔했지만, 다시 마음을 가다듬었다. 헛발질은 잊게 해주겠어.

국어국문학과 1:0 간호학과

경기가 끝나기 직전까지 지루한 흐름이 이어졌다. 간호학과는 쉽게 공격하지 않고, 국문과도 수비를 중점적으로 플레이하며 양 팀 다 골을 넣을 의지가 없어 보였다. 경기 막판에 간호학과가 자기들의 진영에서 공을 돌리는 걸 이지가 가로채서 겨우 한 골을 넣고 승리를 가져왔다.

경기 종료를 알리는 호루라기 소리가 울리자, 루나와 친구들은 모여서 서로를 껴안으며 기뻐했다. 루나는 윤정, 지수와 껴안으며 이지 쪽을 봤는데, 표정이 별로 좋지 않아 보였다.

응원 온 학생들과 간호학과 학생들은 다들 돌

아가고 국문과 선수 다섯 명만 풋살장에 남았다. 이지는 모두를 경기장 중앙으로 모아서 그 자리에 앉았다.

"얘들아. 이제까지 뛰었던 경기처럼 하면 안 돼."

윤정은 놀라서 눈이 커졌다. 이지는 그런 윤정을 봤다. 루나는 오늘 뛰었던 두 경기를 다시 떠올려 봤다. 아무리 생각해 봐도 모르겠다. 지현 쪽을 바라봤지만, 지현도 고개만 푹 숙이고 아무 말도 하지 않는다. 이지가 루나에게 물었다.

"너희들, 골 주는 게 무서워서 공격도 안 하면 어떻게 이길 수 있겠어? 선제골 넣은 후에는 왜 골대 앞에서 안 나오는 거야?"

갑작스러운 질문에 루나는 당황스러웠다.

"그야, 실점하면 안 되니까요."

"루나뿐만이 아니야. 지수랑 윤정이 너희도 그래 보여. 어떻게든 실점만 안 하면 된다는 식인 것 같아. 내가 잘 못 본 거야?"

지수도 수긍한 듯이 고개를 푹 숙였다.

"너희가 열심히 준비한 걸 알아. 그래서 안타까운 거야. 그렇게 운동하면서 연습한 것들이 그냥 버티는데 사용되다 끝나버려서."

　루나는 그 말을 듣고 정곡을 찔린 것 같았다.

　"어떻게든 이기려고 같이 온 게 아니잖아. 잘 생각해 봐. 우리 함께 최선을 다해 보자."


○


　오후 3시 30분 국문과 풋살팀은 대운동장으로 들어왔다. 경기장 안은 체육대회 겸 축제로 인해 한창 들뜬 분위기가 느껴진다. 안쪽에는 학과별로 이름이 써진 하얀 천막들이 쭉 이어져서 경기장을 한 바퀴 채웠다. 국문과 풋살부 다섯 명은 국어국문학과라고 써진 천막에 가서 자리를 잡았다. 인파들로 인해 천막 밖에 서 있는 학생들도 꽤 있다. 국문과 풋살팀 다섯 명은 천막 안쪽에서 체육대회 행사가 진행되는 걸 구경했다. 풋살 말고도 다른 종목들의 결승전이 이어졌는데 학교 학생들 전부가 나와서 관전했다. 각 학과에서 자기네 팀을 응원하는 함성이 여기저기서 들려왔다.

루나는 전교생이 지켜보는 데서 경기한다고
생각하니 심장이 쿵쾅거렸다. 그 상황을 상상했다
가 속이 울렁거려서 혼났다. 운동경기 말고도 경품
추첨이나 준비된 행사들이 많았다. 학과 학생들도
인문대 체육대회 뒤풀이 때 이야기를 나눴던 사람
이 꽤 보였다. 그들 중 먼저 루나에게 말을 거는 사
람도 있었지만, 루나는 대꾸해 줄 마음의 여유가 없
었다.

　　긴장감 속에서 시간이 흐르고 드디어 여학생
풋살 결승 시간이 다가왔다. 국문과 사람들은 천막
에서 나가는 루나, 윤정, 지수, 이지, 지현의 등 뒤
에서 환호했다. 루나는 아까부터 올라오는 긴장감
이 윤정이를 보니까 조금은 해소되는 것 같았다. 나
보다 더 긴장하는 사람이 옆에 있으면 긴장감이 조
금은 내려간다고 했던가. 루나에게는 지금이 그랬
다. 윤정의 얼굴은 새파랗게 질려서 루나가 걱정이
될 정도였다. 심판이 경기장 중앙으로 선수들을 불
러 모은 후 참가자들의 학생증을 확인하고 경기 규
칙을 설명할 때, 루나는 윤정에게 속삭였다.

　　"윤정아. 오늘이 축구 도사가 될 기회야. 연습

한 대로, 능숙하게 해."

이제까지 경기했던 팀들은 모두 면으로 된 단체 티를 입고 왔지만, 체육학과는 국문과처럼 유니폼을 입고 왔다. 짙은 보라색에 노란색으로 포인트가 된 유니폼이 끝판왕 체육학과 이미지랑 잘 어울려 보였다.

루나는 경기 직전 작전을 설명했다.

"오늘은 골키퍼 지현이, 그리고 수비에 루나, 지수 두 명. 공격 진영엔 왼쪽 윤정, 오른쪽 나. 1-2-2 포지션으로 경기할 거야. 기본 포지션은 이렇고 공격과 수비는 다 함께 하는 거야. 그리고 체육학과 쪽 보니까 2년 전에 같이 경기했던 사람들이 그대로 있어. 그동안 더 실력이 늘었을 수도 있지. 함부로 달려들면 거의 제쳐질 테니까 항상 물러나면서 수비해야 해."

심판의 휘슬 소리와 함께 경기가 시작되고, 체육학과는 시작하자마자 자기 쪽 진영으로 공을 가져갔다. 정중앙에서 공을 잡고 선수들에게 수신호를 보내고 있는 학생이, 이지가 말했던 체육학과 주장인 듯했다.

'5번이 주장이야. 저 사람이 중앙 수비에서 지시하면서 경기를 조율할 거야.'

주장 5번은 국문과가 어떻게 나오는지 보려는 듯 기다렸다. 항상 공을 뺏으려 달려들던 윤정과 이지도 이번 경기에서는 바로 달려들지 않고 우리 진영으로 내려와 체육학과 쪽을 바라봤다.

체육학과는 국문과가 공을 뺏으려고 달려들지 않자 천천히 올라오기 시작했다. 여태까지 만났던 팀들은 한 명이나 두 명만 공격에 가담했었는데, 체육학과는 5번을 중심으로 모두가 넓게 퍼져서 천천히 서로에게 공을 돌리며 국문과 진영으로 올라오고 있었다.

'우리 팀은 골키퍼 지현이를 제외하고 네 명이잖아. 이제까지는 사람을 쫓아가는 수비를 해왔어. 그런데 이번에는 골대 근처 공간을 지키는 수비를 해야 해. 골키퍼를 제외한 우리 네 명이 그 공간에 못 들어오도록 지키는 지역 수비를 하는 거야. 우리 진영에서 수비하게 되면 1-2-2에서 1-3-1로 포지션을 바꾸자. 중앙에 루나, 양옆에 지수랑 나, 윤정이가 돌아다니면서 패스를 방해하면 돼.'

이지의 작전대로 국문과는 1-3-1 포지션으로 변경하고 윤정은 세 사람 앞에서 좌우, 중앙을 오가며 상대편이 서로에게 패스하기 불편하도록 견제하며 돌아다녔다. 중앙에서 패스를 조율하던 체육학과 5번은 옆쪽에 있는 키가 가장 큰 선수 9번에게 무언가를 말하며 패스를 줬다. 9번은 덩치가 커서 그런지 지수보다도 커 보인다.

루나는 지역 수비가 어느 정도 먹히고 있다고 생각했다. 이러다가 공을 뺐으면, 바로 달리면 된다. 루나가 역습 루트를 생각하고 있던 찰나에 상대 9번 선수는 앞으로 공을 툭 밀더니 골대를 향해 강하게 걷어찼다. 그 앞을 윤정이 따라가서 견제했지만, 윤정은 신경 쓰지 않는 듯했다. 어찌 보면 맞으라고 찬 것 같았다. 윤정은 발을 뻗어서 슛을 막으려고 했지만 닿지 않았고, 공은 큰 소리와 함께 골대 오른쪽 상단으로 날아가 부딪쳤다. 공이 골대 옆쪽으로 나가 있는 걸 보니, 골대에 맞고 밖으로 나간 것 같다. 갑작스러운 강력한 슈팅에 국문과 학생들은 놀란 기색이 역력했다. 지수가 말했다.

"이거는 맞으라고 찬 것 같은데요."

슈팅하던 선수 앞에 있던 윤정은 왠지 주눅이 들었다. 그때, 이지 선배가 크게 소리쳤다.

"굿 디펜스! 잘 막았어! 이대로 가자!"

가장 뒤쪽에서 수비하던 지현도 소리쳤다. "이 정도는 막을 수 있어! 기죽지 마!"

루나는 하마터면 기에 눌릴 뻔했다는 걸 깨달았다. 눈으로 따라가기도 어려웠던 강한 슈팅을 보고 루나와 지수, 윤정은 심리적으로 압박감을 받을 뻔했으나, 이지는 분위기를 감지하고 바로 잘 막았다며 소리쳐서 흐름을 끊었다. 우리가 못해서 상대편에게 기회를 준 것이 아니다. '굿 디펜스'라고 말한 뜻은 잘 막았다는 뜻. 거기에 지현이도 이 정도는 막을 수 있다며 소리쳐 준 것이 신입생 3인방이 향후 경기를 뛸 때 기죽지 않을 수 있도록 정신을 가다듬는 데 큰 도움이 됐다.

○

지현이 역습을 위한 패스를 하려고 준비하는데

체육학과는 이미 수비 진형을 갖추고 물러나서 기다리고 있었다. 쉽게 역습의 기회를 주지 않겠다는 걸까. 루나는 지현의 패스를 받아 경기장 중앙 쪽에 있는 이지에게 보냈다. 이지의 양옆으로 윤정과 지수가 달려갔다. 세 사람이 동시에 올라가니 체육학과 선수들도 수비할 준비를 하는 듯 서서히 물러나며 수비 대형을 갖췄다. 지수는 이지의 오른쪽으로 나가다가 중간에 우뚝 멈춰 섰다. 지수의 갑작스러운 급정지에 일제히 체육학과 선수들의 시선을 향했다. 그때 이지의 왼쪽에서 올라가던 윤정이 순간 가속을 내며 전력 질주로 상대 수비 사이를 뚫고 들어갔고, 이지는 정확히 윤정의 발에 공을 보냈다.

루나는 수비 진영에 남아 윤정이 달리는 모습을 바라봤다. 저렇게 빠르게 질주하는데 패스를 제대로 받을 수 있을까? 윤정은 다행히 공을 받긴 했지만, 발에서 살짝 튕겨 나가 수비수와 자신을 사이에 두고 공을 떨어트렸다. 다행히 수비수는 지수 쪽을 보다가 바로 전에 뒤돌아섰기 때문에 윤정보다 빨리 반응하기 어려운 상황이다. 윤정은 한걸음 먼저 공으로 다가가서 공을 잡았지만, 수비수 두 명이 윤정을 에워쌌다. 윤정은 당황하지 않고 공을 지키며 드리블하다가 뒤쪽에서 소리치는 이지에게 공을 보냈다. 지수는 올라가지 않고 언제든 수비 진영으로 내려갈 수 있도록 경기장 중앙에 서 있었다. 이지가 공을 줄 사람은 없다. 이지는 애초에 알고 있었던 듯 자기 앞으로 굴러오는 공을 발등으로 강하게 걷어찼다. 우왕좌왕하는 수비수들 사이로 공이 날아가는데 골대 안쪽으로 들어갈 것 같았다. 루나는 꼭 들어갈 거로 생각했다. 공이 골대 오른쪽 상단의 구석으로 들어가려는 찰나에 골키퍼의 손이 뻗어 나와 공을 쳐 냈다.

루나는 속으로 소리쳤다. '넣을 수 있었는데! 넣을 수 있었는데!' 하지만 입으로는 다른 말을 외쳤다. "나이스 슈팅!"

이지의 슈팅 이후에 경기장 바깥에서 함성이 들려와서 돌아보니 국문과 사람들이 소리 지르고 있었다. 맞다. 사람들이 보고 있었지. 루나는 관중들이 있는 것도 잊을 만큼 경기에 몰입한 상태였다.

초보인 루나와 밖에서 응원하는 사람들도 느낄 수 있을 정도로 경기장 안 분위기는 열기로 가득 찼다. 체육학과도 그걸 느꼈는지 모두가 진지한 눈빛으로 경기에 임하고 있었다. 이미 국문과의 이지를 포함한 삼인방은 수비 진영으로 돌아왔다.

상대편 주장은 또다시 중앙에서 천천히 공을 몰고 오며 양옆의 선수들에게 지시를 내렸다. 양옆에는 아까 슈팅을 날렸던 키 큰 9번과 날렵해 보이는 7번이 있었다. 9번과 7번은 분주하게 뛰어다니며 사이드에서 수비하고 있는 이지와 지수를 교란했다. 패스를 주고받으며 올라온 체육학과는 밀집 수비 때문에 더 이상 올라올 공간을 찾지 못하고 근처에서 공을 돌리며 기다렸다. 공이 오가며 아까 강한 슛을 날렸던 9번이 공을 잡을 때마다 루나는 몸에 힘이 들어갔다. 슛을 할지도 모른다. 그렇게 생각하는 건 윤정이도 마찬가지인 듯했다.

1-3-1 포지션에서 나란히 서서 공간을 지키는 이지, 루나, 지수와는 다르게 앞쪽에서 움직이며 수비하는 윤정은 누군가가 공을 잡을 때마다 달리는 속도를 올렸다. 몇 번 패스를 주고받다가 9번에게 공이 갔을 때, 9번은 바로 슛을 차려는 듯 준비 자세를 취했다. 이미 달리고 있던 윤정은 속도를 더

올려서 쫓아갔다. 슛하기 직전, 윤정은 다행히도 발을 뻗어 공의 앞을 가로막았다. 그런데 키 큰 선수는 슛하는 척하더니 윤정의 왼쪽으로 공을 치고 나갔다. 윤정은 슛이라 확신하고 전력 질주로 달려온 탓에 쉽게 제쳐졌다. 중앙에서 수비하던 루나는 키큰 선수와 일대일 상황에서 대치하게 됐다. 양옆에는 아무도 없다. 루나는 직접 막아야 한다고 생각했다. 9번의 드리블 동작은 여유로워 보였다. 일대일로 루나와 대치하고 있는데도 제쳐야 한다는 압박감은 없다는 듯이. 키 큰 선수의 뒤로 갑자기 주장 5번이 달려 나오며 루나의 옆을 지나서 골대 앞 지현의 옆으로 붙었다. 9번의 덩치 때문에 뒤에서 달려오는 걸 보지 못했다.

　루나는 자신의 뒤로 들어간 체육학과 주장을 경계하며 뒤로 물러났다. 그때, 사이드에 있던 이지가 소리쳤다.

　"물러나면 안 돼! 슛이야!"

　루나는 아차 했다. 골대와 굉장히 가까운 거리에 공간이 비었다. 사람을 보지 말고 공간을 지켜야 한다고 이지 선배가 그렇게 강조했는데도. 9번은 루나가 물러나는 걸 보자마자 아까처럼 강한 슛을 차버렸고, 루나는 제발 지현이가 막을 수 있기를 바라며 골대 쪽으로 고개를 돌렸다. 지현은 공이 있는 쪽으로 반응했지만, 손에 맞은 공은 이미 골대 안으로 들어가 그물을 흔들었다.

국어국문학과 0:1 체육학과

○

전반 7분 골이 들어가자, 경기장 바깥쪽 체육학과 사람들이 환호성을 질렀다. 루나는 이지 선배의 말을 어기고 슛할 공간을 내준 자신에게 화가 치밀었다. 집중하려고 그렇게 애썼는데도 이런 실수를 해버리다니. 이지가 다가와서 루나의 등을 때렸다.

"틀린 판단은 아니야. 다음에는 꼭 막자. 이제 시작이야."

지수와 윤정의 표정을 보니 괜찮다는 듯 머리

위로 손뼉을 치며 루나를 위로했다.

다들 괜찮다고는 했지만, 루나의 마음은 그렇지 않았다. 이지 선배가 선제골을 내주면 안 된다고 그렇게 강조했건만.

'초반에 먼저 골을 먹히면 굉장히 어려워질 거야. 무조건 전반에 실점은 없어야 해. 다음에 역습해야 해. 버티다가 어떻게든 골을 넣어보자.'

결국에는 못 넣으면 어떡하냐는 윤정의 질문에 이지는 그래도 실점만 안 하면 성공한 셈이라고 대답했다. 그런데 지금은 골을 넣지는 못할지언정 실점을 해버렸다. 루나는 자기 실수로 인해 팀이 위기에 직면한 상황이 감당하기 어려웠다.

경기는 이지의 패스로 다시 시작됐다.

"얘들아. 작전은 그대로야. 위치 잘 지켜."

이지의 지시에 따라 국문과는 1-2-2 포지션을 갖췄다. 지수는 공격하러 올라가지 않고 중앙 지역에 루나와 함께 머물렀다. 이지는 천천히 공을 몰고 상대 진영으로 들어가다가 왼쪽의 윤정에게 공을 주더니, 수비수들이 나란히 기다리고 있는 곳의 중앙을 가로질렀다.

그 순간, 상대편 수비수들의 시선이 이지에게 향했다. 이지는 상대편 진영의 오른쪽으로 잽싸게 이동했고, 수비수들은 자기네도 모르게 그쪽으로 조금씩 이동했다. 그때 왼쪽에 있던 윤정은 앞에 조금 열린 공간으로 드리블하며 파고들었다. 수비수가 바로 앞에 있는데도 당황하는 기색 없이 침착하게 공을 움직였다. 윤정 앞에 있던 수비수가 발을 내밀어 공을 뺏으려 했지만, 윤정은 살짝 방향을 틀어 한 명을 제쳤다. 왼쪽 깊숙이 들어간 윤정은 골대와 굉장히 가까워졌다. 순식간에 윤정은 중앙을 지키던 상대편 주장과 바로 뒤에 있는 골키퍼 앞에 서게 됐다. 오른쪽의 이지에게는 두 명이 붙었다. 슛밖에 없어. 하지만, 슛하기에는 골대에 빈 곳이 전혀 보이지 않는다. 윤정이는 공을 뺏기기 전에 뒤쪽으로 공을 보냈다. 아마도 지수나 루나 중 아무나 공을 받아주길 바란 것 같다. 하지만 문제는 패스가 너무 약해서 루나와 지수가 기다리는 곳까지 오지 않고 경기장 중앙에서 속도를 잃고 공이 거의 멈춰서버렸다.

루나와 지수는 깜짝 놀라서 공이 있는 곳까지

달려갔다. 이지가 뭐라고 소리치고 있는데 무슨 말을 하는지 잘 들리지 않았다. 루나가 지수보다 살짝 먼저 공 앞으로 왔지만, 이미 공은 체육학과가 가로챘다. 루나는 달려온 자기 속도를 이기지 못하고 쉽게 7번에게 제쳐졌다. 지수는 뒤에서 체육학과 학생의 드리블 속도를 늦추려고 견제를 시도했다. 그때, 바로 따라온 9번에게 패스가 가며 슛으로 이어졌다.

국어국문학과 0:2 체육학과, 15분 전반 종료

○

전반 종료를 알리는 심판의 휘슬 소리가 들리자, 국문과 다섯 명은 그 자리에 주저앉았다. 밖에서 응원하던 국문과 사람들은 음료수를 가져와서 주저앉아 있는 팀원들에게 나눠줬다. 루나는 자신의 체력이 거의 바닥나고 있음을 느꼈다. 고작 15분 뛰었는데도 계속 전력 질주를 한 것처럼 다리가 후들거렸다. 윤정도 마찬가지인 듯 말없이 음료수를 마셨다.

이지가 손짓하며 루나가 있는 쪽으로 걸어오는데 다리를 절뚝거렸다.

"모여봐. 이제 작전을 바꿔야 할 것 같아."

하지만 팀원들은 작전보다 이지의 다리가 신경 쓰였다. 지현이 먼저 말을 꺼냈다.

"다리가 왜 그래? 다쳤어?"

"신경 쓰지 말고…." 지수는 신경 쓰지 말라는 이지의 말을 끊고 물었다.

"선배, 상태가 어떤지 알려주세요. 그래야 저희도 마음 편히 뛰죠."

이지는 한숨을 푹 쉬었다.

"방금 역습 때 상대편 수비수들 사이에서 달리다가 실수로 상대편 발을 밟았어. 그때 발을 잘못 디뎌서 접질린 것 같아."

다들 이지의 발을 바라봤다. 왠지 부은 것처럼 보였다.

"계속 뛸 수 있겠어?"

지현이 묻자, 이지는 고개를 끄덕인다.

"당연하지. 이 정도 각오를 안 했을 리가."

무거워진 분위기 속에서 윤정이 평소보다 진지하게 말을 꺼냈다. "이지 선배, 이제 이기는 방법을 알려주세요."

이지는 진지한 윤정을 보고 웃으며 말했다.

"잘 들어. 후반전이 진짜야."

루나는 후반전 시작을 앞두고 보육원에 연습 경기를 하러 갔던 날이 떠올랐다. 연습 경기를 명목으로 갔지만, 다 함께 보육원에서 봉사활동을 하고 돌아왔던 날이다. 사무실에 가서 직원분들께 인사를 하고 보육원을 나온 네 사람은 얼마 지나지 않아서 바다 위로 노을이 지는 걸 지켜봤다. 대교 너머로 붉게 물든 해가 저물어 가고 있는 게 보였다. 노을을 보다가 지수가 이지에게 왜 꼭 우승이 하고 싶냐고 물었다. 이지는 꼭 우승이 목표인 건 아니라고 답했다.

'꼭 우승을 하고 싶은 건 아니고, 정점을 찍고 싶어.'

루나와 친구들은 이지의 말을 듣고 얼굴에 물음표가 떠올랐다. 그게 우승이 아니면 뭐냐고 묻자,

이지는 자신도 모른다고 대꾸했다.

'우리가 각자 노력하는 것들, 계속하다 보면 알게 되지 않을까? 요즘 왠지 정점에 거의 다 와 가는 기분이야. 너희들을 보면 그래.'


○


후반전을 들어가기 전, 이지는 바뀐 전술에 관해 설명했다.

"지고 있어서 이제는 막는 것보다는 골을 넣어야 해. 일단 수비할 때는 똑같이 1-3-1 포지션을 유지해. 그러다 상대방이 슛하면, 지수랑 윤정이 상대편 진영으로 전속력으로 달려. 공을 움직이는 걸 보고 달리기 시작하면 상대편이랑 비슷하게 도착할 거야. 수비가 이미 들어와 있으면 막기가 어려워. 그러니까 상대편이 슈팅하는 순간 먼저 달려."

이지의 말이 끝나자, 지수가 질문했다. "전력 질주했는데 우리 공이 아니면 어떡하죠?"

이지는 루나를 봤다. "루나랑 내가 막아야지.

그것 말고는 방법이 없어. 더 이상 물러서지 말자. 그리고 지수, 윤정이가 올라가면 롱패스를 받아서 수비수들이 돌아오기 전에 바로 골을 넣어."


○


심판이 은색 휘슬을 불었다. 후반전이 시작됐다. 남은 시간은 후반전 15분, 두 골 뒤져있다. 루나는 후반전에는 무조건 막아내고야 말겠다고 속으로 다짐했다. 윤정이 지수에게 패스하며 플레이를 시작했다. 지수는 뒤쪽 이지에게 패스하고, 지수와 윤정은 각자 양쪽의 사이드로 침투했다. 상대편 수비수들은 섣불리 공을 뺏으려 접근하지 않고 물러서며 수비했다. 상대편 왼쪽 진영으로 깊숙이 들어갔던 윤정은 다시 중앙 쪽으로 빠져나와서 이지의 패스를 받았다. 상대편도 이제 윤정이 드리블할지도 모른다고 판단했는지 수비수 두 명이 붙어서 윤정이 더 이상 넘어오지 못하게 막아섰다. 오른쪽 진영에 올라가 있던 지수는 수비수 한 명이 붙어서 패스를 주기 어려운 상황이었다. 윤정은 어쩔 수 없이 이지에게 다시 공을 돌렸다.

국문과는 쉽게 슛하지 않았고, 어떻게든 확실한 골을 만들어 내기 위해 뒤쪽에서 패스를 주고받으며 기회를 엿봤다. 체육학과도 두 점을 앞서고 있었기 때문에 서두를 필요가 없다는 듯 내려앉아서 공격을 기다렸다. 그렇게 몇 분간 국문과가 공을 소유했다. 별다른 슛이나 공격이 나오지 않으니 응원하던 관객들도 잠잠해져 갈 때쯤, 여태까지 계속 중앙선에서 더 이상 앞으로 나오지 않던 이지가 한 걸음 앞쪽으로 나왔다.

지수가 이지 앞으로 공을 보냈고, 이지는 굴러오는 공을 잡지 않고 논스톱슛을 강하게 때려 박았다. 아무도 예상하지 못한 순간에 나온 슛이었다. 발등이 공에 맞는 순간, 파열음이 들렸다. 체육학과의 키 큰 사람이 찼을 때보다 훨씬 더 강하게 찬 것 같았다. 루나는 이지의 바로 뒤에서 공이 골대 안으로 레이저를 쏜 듯 일직선으로 빨려 들어가는 걸 지켜봤다. 너무 순식간에 일어난 일이라 체육학과 선수들도 다들 어리둥절해하는 것 같았다. 상대편 진영에 있던 윤정과 지수는 소리를 지르며 달려왔다. 경기장 밖에서 응원하고 구경하던 관중들 속에서도 감탄 섞인 환호성이 터져 나왔다.

국어국문학과 1:2 체육학과, 후반 7분

○

루나도 기뻐서 환호하며 이지에게 달려갔다. 삼총사 사이에 둘러싸인 이지는 기뻐하지 못하고 그 자리에서 오른쪽 발목을 부여잡으며 바닥에 쓰러졌다. 심판이 구급상자를 들고 이지에게 달려왔다. 이지가 잡은 발목은 육안상으로도 반대쪽 발과는 명확한 차이가 날 정도로 부어있다. 이지의 상태를 본 심판은 경기장에 있는 사람들 모두에게 들리도록 큰 소리로 말했다.

"부상자 나와서 잠시 중단할게요!"

지현도 이지의 상태를 보러 골대에서 나왔다.

국문과 회장이 응원석에서 달려 나와 이지의 상태를 물었다.

"이지야. 괜찮아?"

회장이 부어있는 발목 쪽에 손을 대려고 하자, 이지는 괜찮다며 손을 막았다.

"괜찮아. 파스만 좀 뿌려줘."

심판이 국문과 회장을 보며 말했다.

"교체해야 할 것 같은데요? 후보선수 없어요?"

뛸 수 있는 사람은 지금 다섯 명이 전부이기 때문에 명목상 후보 명단에만 학과 학생 몇 명을 넣어 놨다. 회장은 난처한 표정으로 이지 쪽을 봤다. 이지는 몸을 일으키며 심판에게도 괜찮다고 말했다.

"저 괜찮아요. 뛸 수 있어요."

이지는 기어코 몇 마디를 보태서 더 뛰겠다는 의사를 심판에게 전하고, 루나의 부축을 받아 겨우 일어났다. 윤정이는 눈물을 글썽이며 걱정했다.

"선배, 무리하지 말아요. 괜찮은 거 맞아요?"

이지는 골대 쪽을 향해서 걸어가는데 어딘가 불편해 보였다. 골대 앞에 멈춰 선 이지는 팀원들을 손짓으로 불렀다. 다섯 사람은 골대 앞에 모여 머리를 맞댔다. 이지는 마지막 작전을 설명했다.

"동점까지 한 점 남았어. 내가 발이 불편해서 작전을 바꾸자. 내가 골키퍼를 하고 수비 쪽에는 지현이랑 루나가 남아."

놀란 지현의 눈이 커졌다.

"내가 어떻게 수비를 해! 한 번도 안 해봤는데."

이지가 지현의 등을 다독였다.

"정말 쉬워. 패스 연습할 때 보니까 그 정도면 충분해. 공이 오면 걷어내거나 루나한테 줘. 그리고 루나한테 주고 지현이 너도 무조건 상대편 지역으로 달려. 그리고 윤정이랑 지수는…"

윤정이 말을 끊었다.

"저희는 골을 넣을게요."

지수도 고개를 끄덕였다. 가장 중요한 게 남았다며 이지는 말을 이어갔다.

"가장 중요한 게 있어. 내가 너희들한테 연습하라고 한 것들 있잖아. 경기할 때 꼭 해봐. 기껏 연습했는데 못 써보고 끝나면 아쉽잖아."

심판은 "남은 시간 4분!"이라고 소리치고 경기를 재개한다며 휘슬을 불었다. 루나는 시간이 부족

하다고 생각했다. 이지 선배는 동점까지 한 점 남았으니, 시간이 충분하다 말했지만, 루나의 생각은 달랐다. '역전까지 두 골.'

방금 실점한 체육학과의 패스로 플레이가 시작됐다. 아직 한 점 앞서고 있는 체육학과는 뒤쪽으로 공을 보냈다. 예상대로다. 4분 남았으니 급하게 공격을 서두를 필요가 없겠지. 체육학과 입장에서는 유일하게 깜짝 골을 넣은 선수가 부상으로 골키퍼를 하고 있으니 분명히 방심할 터, 이지는 작전타임 때 팀원들에게 경기가 시작되면 다 같이 달려들라고 말했다.

상대편 주장 5번이 공을 받아서 뒤쪽 골키퍼에게 공을 보냈을 때, 골키퍼 이지를 제외한 네 명은 모두 상대편 진영으로 넘어가 공을 뺏으려고 압박했다. 예상치 못한 전원 압박에 체육학과 선수들은 당황했는지 정확하게 패스하지 못했다. 아무도 공을 갖지 못한 상황에서 루나와 지현, 지수, 윤정은 공 쪽으로 달리기 시작했다. 가장 먼저 도착한 건 윤정이였다. 윤정이 공을 잡자, 수비수들은 루나와 지현, 지수에게 한 명씩 붙어 패스하지 못하도록 했고 윤정 앞에도 수비수 한 명이 붙었다. 그때 윤정은 생각했다. '지금, 이 순간이 연습해 온 걸 해볼 수 있는 마지막 기회다. 지금이 아니면 안 돼.'

윤정은 일대일 대치 상황에서 골대 쪽으로 들어가려는 듯 천천히 공을 끌고 앞으로 나아갔다. 상대 수비수도 물러서지 않고 공을 뺏기 위해 다가왔다. 수비수가 발을 뻗는 그 순간, 윤정은 속도를 올려 수비수 옆으로 공을 차면서 달렸다. 수비수 한 명을 제치고 이제는 골키퍼와 일대일 대치 상황. 각자 한 명씩을 마크하고 있던 수비수들은 다급하게 골대 쪽으로 달려오기 시작했다. 골키퍼도 윤정이 슛을 할 거라 생각해 앞쪽으로 달려 나왔다. 하지만 루나의 생각은 달랐다. '분명히 드리블로 제칠 거야, 능숙하게.'

골키퍼는 윤정이 슛을 날릴 거라고 판단해서 다이빙하며 공을 가로막으려 했지만, 윤정이는 몸을 날리는 골키퍼의 위로 가볍게 공을 들어 올리며 지나쳤다. 그리고 비어있는 골대로 공을 밀어 넣었다.

국어국문학과 2:2 체육학과, 후반 13분

○

경기장 안팎에서 천둥 같은 함성이 터져 나왔다. 지현은 소리를 지르며 윤정을 껴안았고, 지수는 다가가서 윤정을 거의 들어 올릴 뻔했다. 다들 그렇게 기뻐하는 데도 루나의 마음은 조급했다. 앞으로 한 골을 더 넣어야 경기가 끝난다고 생각했다.

막상 동점이 되자, 체육학과 선수들의 표정이 굳기 시작했다. 주장 5번이 선수들을 모아 인상을 쓰며 작전을 지시했다. 경기가 재개되자 5번은 매우 언짢은 표정으로 공을 가지고 경기장 중앙으로 나왔다. 5번이 뒤쪽으로 패스했다. 이번에는 루나만 수비 진영에 남고 지수, 윤정, 지현이 상대 진영으로 달려가 압박했다. 체육학과는 같은 수에 두 번 당하진 않겠다는 듯 공을 돌리며 뺏기지 않았다. 하지만 계속되는 압박에 앞으로 나오지도 못하고 공을 돌리고 있을 때, 5번의 지시를 받은 9번이 루나 혼자서 지키고 있는 국문과 진영으로 올라왔다. 지현이 공을 가지고 있는 5번에게 다가가자, 패스하는 척하더니 지현을 제치며 앞으로 튀어나왔다. 5

번은 지현을 제치자마자 전력 질주하더니 순식간에 루나와 9번이 있는 곳까지 올라왔다.

루나는 이 키 큰 9번을 막아야 할지 드리블해 오는 주장 5번을 막아야 할지 고민했다. 뒤쪽에서 이지가 소리쳤다. "2:1 상황이 아니라 2:2야! 확실하게 한 명을 막아!"

그렇다. 혼자 두 명을 다 막을 수 없을뿐더러 그러지 않아도 된다. 확실하게 한 명만 마크하면 이지 선배가 막을 거야. 루나는 키 큰 9번 옆에서 드리블해 오는 주장 쪽으로 수비를 하러 가는 척만 하고 가지는 않았다. 루나를 신경 쓴 상대편 주장은 드리블 속도를 줄이는가 싶더니 루나가 오지 않는 걸 확인하고 다시 앞으로 공을 차고 달렸다. 상대편 주장이 달리려고 공을 앞으로 툭 미는 그 순간, 이지는 튀어나와서 슬라이딩 태클을 날렸다.

이지가 찬 공은 수비하기 위해 바로 뒤까지 쫓아왔던 지현에게 갔다. 이지의 몸을 날린 수비를 본 국문과 팀원들은 그 순간, 각자가 들었던 이지의 작전을 떠올렸다.

지현은 공을 받자마자 루나를 봤다.

"루나야! 받아!"

공을 받은 루나의 눈빛이 번뜩였다. 지수와 윤정은 지현이 공을 받은 시점부터 상대편 진영으로 뛰고 있었다. 루나는 순간, 머릿속으로 오만 가지 생각이 지나가며 슬로모션처럼 세상이 느리게 보였다. 왼쪽으로 침투한 윤정에게 붙어있는 수비수는 한 명. 나머지 한 명 수비수는 오른쪽에 있는 지수에게 붙지 않고 중앙에서 지수와 윤정이를 동시에 견제하고 있다. 지수가 수비수 없이 비어있다. 하지만 중앙에 있는 수비수가 붙겠지. 누구에게 패스할지 여러 경우의 수를 계산하던 루나는 다른 방법이 떠올랐다. 연습했던 걸 떠올리자.

'공을 차기 좋게 앞으로 밀어놓고, 공까지 다가가는 스텝의 힘과 허리를 회전시키는 힘을. 공에 맞는 부분은 오른쪽 발등 안쪽.'

루나가 공을 차는 소리는 함성도 뚫을 정도로 크게 퍼져나갔다. 루나는 자신의 발끝부터 출발한 공의 궤적을 눈으로 좇아갔다. 오른쪽에서 왼쪽으로 휘감아져 들어가는 공의 속도는 이지의 슛 못지 않게 굉장히 빨랐다. 분명히 골대 안쪽을 향하고 있다. 골키퍼는 앞에 있는 수비수 때문에 시야에 방해 받아서 바로 반응하지 못할 것 같았다. 뒤늦게 공을 본 골키퍼는 오른쪽 상단으로 날아오는 공을 쳐 내려고 손을 뻗었다. 앞에 있던 수비수도 헤딩으로 공을 막으려고 점프했다가 뒤에 있는 골키퍼와 부딪혔다.

골키퍼는 수비수와 부딪히면서도 간신히 공을 위로 올려 쳐냈다. 부딪힌 수비수와 골키퍼는 그 자리에 넘어졌다. 경기장 안에 있는 모든 시선은 골키퍼가 위로 쳐낸 공으로 향했다. 경기장 밖에서도 함성과 응원 소리가 계속해서 들려오는데 루나는 그 소리가 들리지 않는 것처럼 고요하게 느껴졌다. 공은 경기장 밖으로 나가지 않고 높게 솟아올랐다가 다시 내려왔다. 공이 내려온 골대 앞에는 지수 혼자 서있었다. 지수는 공에 머리를 툭 갖다 댔다. 헤딩한 공은 골대 안으로 들어가 그물을 흔들었다.

심판이 휘슬을 불자 경기가 끝났다.

국어국문학과 3:2 체육학과, 경기 종료

○

와! 밖에서 응원하던 사람들이 경기장 안으로 환호성을 내지르며 뛰어 들어왔다. 체육학과를 응원하던 사람들도 들어와서 경기에서 진 선수들의 등을 토닥이며 위로했다. 수많은 사람 속에서도 루나의 시선에는 함께 경기를 뛴 팀원들뿐이다. 윤정은 루나를 부둥켜안고 괴성을 지르고, 지수는 경기 종료 휘슬을 듣고 그 자리에 주저앉아 울고 있다. 지현은 이지를 부축해서 루나가 있는 경기장 중앙으로 데려오고 있다. 지수도 팀원들이 모이는 걸 보고 경기장 중앙으로 왔다.

○

다섯 사람은 서로를 부둥켜안으며 감격의 눈물을 흘렸다. 지현이 모두를 뒤에서 크게 끌어안으며 말했다. "다들 고생했어. 정말 잘했어." 윤정이는 울음을 못 멈추는 지수의 등을 토닥였다.

"헤딩할 줄은 상상도 못 했어. 정말 잘했어!"

다섯 사람 주위에 국문과 학생들이 몰려와 북적였다. 이지는 선수들을 모아 둥글게 어깨동무를 한 후 크게 외쳤다.

"어때? 정점이 보였어?"

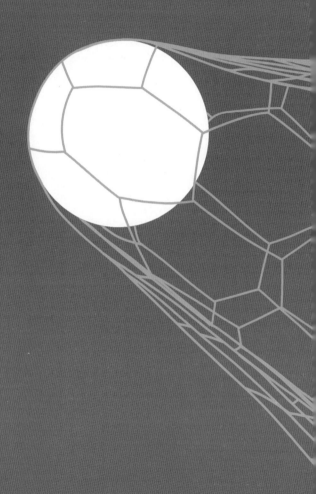

## 벚꽃축제, 첫 번째 꿈

학교 안으로 들어서자 정민의 걸음은 점점 빨라졌다. 정문 입구부터 이어진 벚나무 길 사이로 정민은 거의 날듯이 달려갔다. 한 애니메이션 작가는 벚꽃이 떨어지는 속도가 초속 5센티미터라고 말했는데 정민은 그보다 빠른 바람의 속도로 이동하는 기분이었다. 캠퍼스의 정중앙에 있는 분수대에서 수연을 만나기로 했기 때문이다. 분수대를 가리고 있던 건물이 시야를 비켜나자 먼 거리임에도 한눈에 수연의 실루엣이 보였다.

인공 연못 안의 노즐에서 뿜어져 나오는 물줄기가 솟구쳤다 바닥으로 떨어지는 소리가 시원했다. 수연은 가벼운 파스텔톤의 하늘색 원피스를 입고 분수대 앞에 서 있었다.

숨이 차도 괴로운지 모르고 뛰었던 정민의 눈에서 그제서야 감격의 눈물이 흘렀다. 정민을 발견한 수연이 그를 향해 천천히 걸어왔다. 수연은 정민의 얼굴을 보고 깜짝 놀라서 물었다. "왜 울어?"

정민은 수연을 만나기 전까지 가슴 한가운데가 숨 막히게 아팠고, 울음이 계속 올라와서 코가 얼얼했다. 분명 학교에 오면 만날 걸 알면서도 왜 그렇게 마음을 졸이며 달려왔는지 알 수 없었다.

벚꽃 축제가 한창인 기간이어서 학교 안은 낯선 나들이객들로 붐볐다. 정민과 수연은 예술대 건물 뒤쪽에 있는 한적한 잔디밭으로 향했다. 그곳은 학교 안쪽 깊숙한 곳인데다 부지가 바로 뒷산과 연결돼 있어서 언제나 산그림자의 그늘이 짙게 드리워져 있었다. 한여름에도 서늘한 냉기를 품고 있어서인지 그곳을 찾는 사람은 드물었다.

정민은 가방에서 꾹꾹 눌러 겨우 넣은 돗자리를 빼서 펼쳤다. 수연도 4층 찬합에 가져온 도시락을 꺼냈다. 그리고 도시락을 한 개씩 내릴 때마다 정민에게 수수께끼를 냈다. "뭐일 것 같아?" 물으며 미소를 짓는 수연의 양쪽 볼에 깊은 보조개가 패였다.

정민은 고개를 갸우뚱하며 대답했다.

"불고기? 유부초밥? 미역국? 야채계란말이?"

대답을 듣고 놀란 듯 수연의 입이 크게 벌어졌다.

"어떻게 알았어? 나 할 줄 아는 요리 그거밖에 없어!"

"다른 것도 맛있어. 연습하면 돼. 오일파스타도 맨날 연습해서 이제는 잘 만들잖아."

"오일파스타 나 그거 먹어본 적도 없는데?"

순간, 정민의 눈에 보이던 세상이 흐릿해졌다. 수연의 목소리가 늘어진 테이프처럼 느리게 들렸다. 눈을 비비고 나서 눈가에 힘을 주니 수연만 겨우 또렷하게 보이고 다른 것들은 흐릿하다. 정민은 모든 게 문득 꿈처럼 몽롱해서 눈을 감았다. 눈을 감으니 모든 세상이 고요해졌다. 교내 방송과 바람 소리도, 수연의 목소리도. 그리고 다시 천천히 눈을 떴을 때는 눈앞에 앉아있던 수연의 모습은 사라지고 없었다.

정민의 얼굴과 베개는 흥건하게 젖어 있었다.

수연은 죽었고 꿈속이 아니면 이제 다시는 만날 수 없다. 그녀를 떠올리자, 울음이 나올 것 같다. 수연과 대학 시절에 도시락을 먹으며 함께 찍은 사진이 정민의 손에 꽉 쥐어져 있었다. 이 사진 속 상황을 꿈으로 꾼 것 같다. 분명히 함께 찍은 사진이었는데 사진 속에 수연의 모습은 온데간데없고 오직 정민의 모습뿐이다. 기억을 더듬어 봤다. '분명히 같이 찍은 사진이었는데.'

그녀가 처음으로 도시락을 싸와서 잔디밭에 앉아 먹다 찍은 사진. 정민과 볼을 맞대고 있던 수연이 원래는 존재하지도 않았던 사람인 양 사라져 버렸다. 이 상황을 이해해 보려고 했지만, 정민은 자신이 미쳤다고 밖에 생각할 수 없었다. 정민은 내가 드디어 미쳤구나! 하며 허전해진 사진을 내려다보았다.

○

정민은 '서산동사진관'이라는 이름으로 스튜

디오를 운영하고 있었다. 목포에서 정민의 사진관은 꽤 인기가 있었다. 예쁜 모습을 찾아내서 찍기보단 그 사람의 오늘을 찍겠다는 사진관 슬로건이 입소문을 타서 손님을 불러오고 있었다. 실제로 사진관에 걸려있는 사람들의 사진을 보면 그날 하루가 어땠을지 알 수 있다. 여행 와서 들뜬 얼굴이 역력한 가족사진, 장난기와 호기심이 가득한 어린이의 눈동자, 만난 지 얼마 안 돼서 긴장한 듯한 커플, 처음으로 교복을 입고 등교하는 앳되고 귀여운 모습의 신입생들…….

정민이 처음 사진관을 열 동네를 찾고 있을 때, 사진 찍기를 직업으로 하는 선배들은 서산동을 극구 말렸다. 유동 인구가 많은 곳에 차리지, 굳이 목포의 이런 구석진 곳에 차릴 이유가 있냐는 거였다. 정민은 선배들의 말뜻을 이해하기에 굳이 설득하지 않았다. 살아남기 위한 사진을 찍고 싶지 않았다. 학생들에게 보정된 증명사진을 팔고, 할인으로 가족 단위 손님들을 끌어들여 앨범 장사를 하고 싶지는 않았다.

정민은 같은 사람을 매일 찍어도 매 순간마다

다른 모습을 보여줄 수 있다는 신념이 있었고, 그 진심이 서산동 사람들에도 통할 거라고 믿었다. 결과적으로 정민의 예측은 옳았다. 점차 여행객들에게도 소문이 나서 그날의 자신을 기억하고 싶은 사람들은 반드시 서산동사진관에 가보라는 추천 후기들이 SNS를 타고 속속 번져나갔다.

○

수연이 떠나고 정민은 몇 달간 사진관을 열지 않았다. 연오를 보살펴야 했다. 수연과 정민의 사이에서 나온 아들, 연오는 올해로 초등학교 2학년이었다. 작년에 수연이 떠날 때는 초등학교 입학 준비를 하고 있었다. 정민은 연오가 학교에서 잘 적응하고 있는지 확인해야 했고, 전반적인 살림살이를 모두 떠안게 되면서 사진관에 나갈 수 없었다.

정민은 연오를 위해서라는 명분으로 집에서 시간을 보냈지만, 정작 연오는 홀로 엄마 없는 생활에 익숙해가고 있었다. 처제인 수민은 연오가 다니는 초등학교에서 근무하고 있다. 연오는 학교가 끝나면 방과 후 수업을 듣고, 5시에 퇴근하는 수민과 함께 귀가했다.

한동안 수민은 정민, 연오와 꼭 함께 저녁 식사를 하고 돌아갔다. 정민이 저녁 식사 정도는 걱정 안 해도 된다며 굳이 올 필요가 없다고 했지만, 수민은 형부 때문이 아니라 연오가 걱정돼서 그런 거라며 여름과 가을이 끝날 때까지 함께해주었다. 하지만 사실 수민은 형부인 정민이 더 걱정되었다. 그래서 올 때마다 조카와 놀아주고, 가끔 자고 가기도 했다. 학교에서도 연오를 각별히 챙겼다.

"형부, 연오는 이제 아무 문제가 없어요. 다른 친구들이랑 잘 어울리고 잘 놀아요."

정민은 수민이 고마웠다. 지난 추석에 연오를 데리고 장모님 댁에 인사드리러 갔을 때, 딱 한 번 술자리에서 우는 수민을 본 적 있다. 그걸 빼면 한 번도 수민이 감정을 드러내는 걸 본 적이 없다. 정민은 그런 수민이 강한 사람이라고 생각했다. 자기와 연오를 걱정하며 늘 자리를 지켜주는 사람이라고.

정민은 연오가 학교생활에 잘 적응하고, 사진

관이 재정비될 때까지, 자신이 괜찮아질 때까지 사진 찍는 일을 쉬어야 했다. 온전한 마음을 다해 누군가의 사진을 찍을 마음의 준비가 안 돼 있었다. 정민은 알고 있었다. 사진 속에 담기는 것은 그 사람의 하루뿐만이 아니라 그날 카메라를 들고 있는 자신의 감정도 들어간다는 걸. 그래서 더더욱 셔터를 누를 수가 없었다. 즐거운 마음으로 방문하는 손님들의 사진에 자신의 우울감이 스며드는 걸 견딜 수가 없었다.

수연이 떠나고 반년 정도가 지나서야 다시 사진관을 열 수 있었다. 사장님이 바뀌었다는 소문이 돌아서인지, 아니면 정민의 생각대로 정민의 감정이 사진에 영향을 끼쳐서인지 인터넷에는 사진이 영 예전 같지 않다는 후기가 올라왔다.

○

정민은 사진관에 출근해서 하루 종일 수연이 사라진 사진을 뚫어져라 들여다봤다. 기억 속을 뒤져봐도 도시락을 먹고 함께 찍은 사진이었는데 사진 속에서는 수연이 보이지 않았다. 오늘은 손님이 세 팀밖에 없었다. 일도 별로 없으니 혼자 이상한 상상에 빠지기 딱 좋은 날이다. 저녁 7시였는데도 창밖은 이미 밤이 된 것처럼 어둑해져 있었다. 12월이 되니 확실히 해가 짧다.

창문을 닫아도 틈새로 조금씩 들어오는 한기와 사진관 안에 있는 히터의 온기가 뒤섞이는 걸 느끼며 잡념을 떨쳐내고 컴퓨터 앞에 앉아 오늘 다녀간 손님들의 사진 인화 작업을 이어갔다. 인화지 속에서 손님이 입고 있는 원피스를 보니 오늘 꿈속에서 원피스를 입고 있던 수연이 떠올랐다. 분명히 함께 찍은 사진이었는데.

그때 사진관 안으로 누군가 들어오는 소리가 들렸다. 양손에 보따리를 든 수민이었다.

"사장님, 여기가 사진 맛집 서산동사진관이 맞나요?"

수민이 혼자 들기 버거운 반찬 보따리를 정민에게 넘겼다.

"이거 다 반찬이야? 참 많다. 연오 없을 때는

집에서 밥을 잘 안 먹어. 혼자 먹기엔 반찬이 너무 많은데."

며칠 전에 연오의 학교는 방학을 맞았다. 장모님은 방학 동안 손자와 함께 있고 싶다며 연오를 데려가시고 혼자 남아있을 정민이 생각나 반찬을 보내주신 모양이다.

"그냥 열심히 먹어요. 엄마가 집에서 밥 안 먹을 거라고 사진관으로 가져가라고 했어요."

"아무튼 고마워. 밥 먹었어? 뭐 좀 먹고 가."

"저 다이어트해요. 올겨울에는 진짜 빼야겠어. 살짝 턱선 살아난 것처럼 보이지 않아요?"

아무 대꾸가 없자 수민이 다른 말을 꺼냈다.

"형부, 저 사진 찍어주세요."

수민이 사진 찍어달라 하는 건 처음이라 정민은 놀라웠다.

"전부터 여기서 형부가 찍어주는 사진 갖고 싶었는데, 가는 날이 장날이라고. 오늘 찍어요."

정민은 장비 세팅하는 데 좀 걸리니 거울을 보고 있으라고 말했다. 수민은 잠깐 벽거울 앞에 섰다가 스튜디오 가운데에 놓인 의자에 앉았다. 그리고는 카메라 뒤에 서 있는 정민을 바라봤다.

"형부, 조명은 안 켜요? 너무 어두운데?"

어둑한 곳에 앉아있는 수민을 보고 정민이 웃었다.

"아직은 아니야. 몇 가지 물어봐도 괜찮지?"

수민이 고개를 끄덕이고 질문을 기다렸다.

"오늘 하루 어땠어? 특별한 일이나 이벤트가 있었어?"

"특별한 일이요? 평범한 하루였는데, 음…"

정민이 질문을 바꿨다.

"별일 없었으면 오늘의 기분이 어땠을지 생각해 봐. 천천히."

수민이 골똘히 생각에 빠지는 동안 정민은 카메라 보관함에서 캐논 EOS R5 카메라를 가져와서 거치대에 장착한 후 고정대를 조였다.

"오늘 딱히 별일은 없었어요. 그런데 반찬이 너무 무거워서 힘들었어요. 그리고 연오 없을 때 형부가 어떤지 궁금하기도 했고 걱정되기도 했어요. 괜찮아 보여서 다행이에요. 저도 기분 좋게 찍을 수 있겠어요."

정민은 항상 수민의 성격이 고마웠다. 무조건 적인 응원으로 밀어주는 사람. 가끔은 지나치게 단순해 보일 때가 있지만, 비관적인 자신을 앞으로 밀어주는 수민의 응원이 다시 사진관에 오는 데 큰 힘이 됐다.

"그러면 오늘 하루 해피엔딩이네?"

"그런가요? 그러면 오늘은 해피엔딩인 걸로 할게요."

"오케이, 알겠어. 수민이는 왼쪽하고 오른쪽 얼굴 중에 어느 쪽이 마음에 들어?"

"형부가 보기에는 어떤데요?"

정민은 조명 높이를 조절하다가 멈춰서서 수민의 얼굴을 가만히 봤다. "왼쪽?"

수민이 웃었다. "맞췄어요! 정답!"

정민은 수민의 앞에 있는 양쪽 조명을 수민보다 조금 위쪽으로 높이를 맞췄다. 더 예쁜 왼쪽 얼굴 앞에 있는 조명 출력을 가장 높게 설정하고 반대쪽 조명은 최대 출력에서 60퍼센트 정도로 낮췄다.

"형부, 조명 세기가 살짝 다르네요? 조명은 원래 세팅해 놓지 않아요?"

"조명은 그냥 세팅해 놓고 찍는 곳도 많은데 난 손님에 따라서 조금씩 바꿔. 조명 세기는 왼쪽 얼굴 위에 있는 걸 더 밝게 했어. 더 예쁜 쪽을 잘 보이게 하고 싶거든. 양쪽 다 밝아버리면 얼굴에 굴곡이나 선이 잘 안 보여."

수민이 이해했다며 고개를 끄덕였다.

그리고 수민이 말하는 순간, 플래시가 켜지며 사진 찍는 소리가 났다. 훅 들어온 촬영 타이밍에 수민은 당황했다.

"이렇게 말할 때 찍는 게 맞아요?"

"장난친 거야. 자, 웃어봐. 하나, 둘!"

정민은 천천히 하나둘셋 하며 준비할 시간을 주지 않는 편이다. 자연스러운 호흡이 들어갔을 때 본연의 모습이 잘 보이는 것 같아서 빠른 호흡으로 찍는 걸 선호한다. 가끔 불편해하는 손님들이 있으면 템포를 조금 늦추지만, 수민이기에 자신의 호흡으로 촬영을 이어갔다.

수민은 처음에는 당황한 듯하다가도 오늘 있었던 일에 대해 말하며 사진을 찍었고 이야기를 나누다 보니 어느새 촬영이 끝났다.

촬영이 끝나자, 이번엔 수민이 막무가내로 사진을 당장 내놓으라고 했다. 보정은 안 해도 좋으니 당장 사진을 뽑아 달라는 거였다. 정민은 그러면 스티커 사진을 찍지 그랬냐며 안 된다고 거절했지만, 수민의 고집을 꺾을 수 없었다.

사진을 인화하는 동안 수민은 사진관을 둘러보다가 소파에 앉았고, 정민은 컴퓨터 앞에 앉아 서둘러서 마우스를 클릭하며 사진을 손봤다. 정적을 깨고 수민이 말을 꺼냈다.

"형부, 사진관 그만두려고 했죠?"

정민은 멈칫했다가 대답했다. "손님이 없는 걸 어쩌겠어, 닫아야지. 그래도 이제 괜찮아. 일단은 버티고 있잖아."


○


사진 작업을 마친 정민이 인화기 앞에서 사진이 나오길 기다리며 수민에게 물었다.

"처제, 요즘 방학해서 출근 안 하지 않았나?"

"맞아요. 당직이라 오늘만 출근했어요."

수민은 사진을 받고 마음에 든다며 역시 모델이 좋다고 말하면서 집으로 돌아갔다. 정민은 혼자 남아 여분으로 인화한 수민의 사진을 다시 들여다본다. 한쪽 조명을 더 강조해서 얼굴에 그늘진 부분들과 올라간 입꼬리가 해피엔딩으로 마무리한 수민의 오늘이 잘 담긴 것 같았다. 오늘 하루의 고단함도 보이고, 힘이 들어간 눈과 입가의 미소에는 특유의 긍정적인 성격이 엿보였다.

정민은 한 장 더 인화해 둔 수민의 사진에 메모를 하고 다른 사진들 사이 빈자리에 붙였다.

'오늘 하루도 응원해 줘서 고마워.'

정민은 수민을 보내고 집으로 돌아왔다. 연오가 없는 집안은 조용했다.

정민은 뭘 할까, 잠시 고민하다 영화를 보기로 했다. 하지만 재밌을지 모르겠다. 영화나 드라마를 한 편 보려면 몰입해야 하는데 그 과정이 부담스러웠다. 어느 순간 몰입해서 감정이 올라오게 되면 속에 눌러놨던 무언가가 터져 나올 거 같아서 텔레비전을 껐다. 혼자 영화를 보기 힘든 이유는 수연 때문이었다. 그녀는 영화를 참 좋아했다. 두 사람이 처음 만난 이유도 영화가 계기였다.

두 사람은 고등학생 때 '오마주'라는 영화감상 동아리에서 처음 만났다. 다른 동아리들은 비어 있는 교실이나 음악실에서 동아리 활동을 했는데, 오마주의 동아리방은 학교 건물 뒤쪽에 있는 컨테이너였다. 그곳에 75인치의 하얀 천과 빔프로젝터가 있었다. 동아리 담당 선생님이 전기도 연결해 주셔서 언제든지 영화를 내려받아 오면 볼 수 있었다.

교장선생님은 모르셨지만, 담당 선생님은 주말에도 컨테이너를 열어 놓으셨다. 처음에는 여러 명이 모여서 영화를 봤지만, 주말마다 학교에 나와서 영화를 볼 사람이 몇이나 될까. 몇 달 뒤에는 영화를 보는 학생이 두 명밖에 없었는데 그 두 사람이 정민과 수연이었다.

정민은 다용도실로 들어가 사진함을 열었다. 이곳은 수연이 있을 때는 연오와 셋이 자주 시간을 보내던 곳이다. 아마 거실보다 이곳에서 시간을 더 많이 보냈던 것 같다. 방 안에 책상과 소파가 있고 책장과 사진함이 있다. 수연과 정민은 연오와 함께

이 방에서 많은 시간을 보냈다. 책을 읽을 때도 있고 사진을 정리할 때도 있었다. 지금 정민이 연 사진함에 수북이 쌓인 사진들은 수연 자신이 정리하겠다며 미뤄둔 사진들이었다. 지금 그곳은 수민이 집에 놀러 올 때 자고 가는 용도로만 사용되고 있다.

정민은 자신이 정리를 하겠다고 했지만, 수연은 굳이 자기가 정리하겠다고 주장했다. 수연은 사진 정리를 하면서 다시 사진을 보는 걸 좋아했다. 정리하기 전에 뒤섞인 사진들은 한 번씩 언제였는지 기억이 안 날 때가 있는데, 머릿속에 있는 기억을 뒤지는 그 시간이 좋다고 했다.

'맞다, 우리 그때 여기 갔었지.' 하면서.

정민은 사진함을 열어서 사진들을 보며 추억 속을 산책했다. 쌓인 사진들 위쪽에는 연오 사진이 많았다. 아무래도 연오가 태어난 후로는 사진들의 주인공은 대부분 연오였다. 더 밑으로 내려가 보면 신혼 때 찍은 사진, 그 밑에는 대학생 시절에 찍은 사진이 있다. 시간순으로 어느 정도 나열이 된 사진들은 언젠가 수연이 보며 추억했을 사진들이다. 정민은 더 깊은 슬픔에 빠지기 전에 감정을 눌렀다.

그러다 지난밤에 꾸었던 꿈의 원인이 되는 사진을 찾았다.

다시 봐도 수연이 사진 속에 없다. 정민은 슬슬 걱정됐다. 벌써 치매가 오거나 한 거면 연오는 어쩌면 좋지. 더 안 좋은 상상을 하기 전에 그 사진을 사진함 맨 밑으로 넣어버렸다. 냉장고에서 맥주를 두 캔 더 가져온 후 수연의 사진을 봤다. 수연은 웃는 표정이 참 맑은 사람이었다. 정민은 사진을 좋아하면서도 정작 사진에 찍히는 당사자가 되면 경직되고 자연스럽게 웃지 못했다. 정민의 카메라 앞에서 눈웃음 짓던 수연이 부러웠다. 정민은 사진들을 보다 잠들었는데 잠들 때 수연과 데이트하던 사진이 머리맡에 놓여있었다.

○

잠에서 깬 정민의 베개 옆에는 사진 몇 장이 놓여있었다. 연오가 정민을 흔들어서 깨우려고 했지만, 정민은 인기척에 먼저 잠에서 깼다. 잠깐 잠든 것 같았는데 시간을 보니 오전 10시가 넘었다.

"아빠, 이모가 아빠 깨우래."

장모님 댁에 간 지 며칠 안 됐는데 돌아온 연오를 보고 정민은 지금 꿈을 꾸고 있는 건지 헷갈렸다. 꿈이 아니다. 부엌에서 수민이 저녁 식사를 준비하는 소리가 들린다.

"처제, 언제 왔어?"

"아침에 일어나서 그냥 출발했어요. 사진관에 있을 줄 알고 거기 갔다가 왔어요. 그런데 지금 일할 시간 아니에요?"

"몸이 안 좋은가? 잠깐 잔 것 같은데 벌써 시간이 이렇게 돼버렸어."

연오와 정민의 앞에 밥이 놓이고 수민도 자기 밥을 가지고 와서 자리에 앉았다. 장모님표 반찬들이 식탁을 가득 채우고 있었다. 연오가 젓가락질할 때마다 수민과 정민의 시선은 젓가락을 따라갔다. 연오는 아홉 살이 되면서 아동용 젓가락을 쓰지 않게 됐다. 손가락을 보조해 주던 장비들이 없어지면서 지금은 보통 젓가락과 친해지려 애쓰고 있다. 소시지를 집으려고 노력하더니 결국에는 포크처럼 폭 찍어서 밥그릇으로 가져갔다.

"연오야. 할머니 댁에서 뭐 하고 놀았어?"

밥을 오물오물 씹고 있는 연오 대신 수민이 대답했다.

"말도 마요. 며칠 잘 놀다가 갑자기 아빠한테 가고 싶다고 땡깡 부리고 아주!"

연오는 자기 이야기인 걸 모르는 척 식사에 집중했다. 정민은 오물거리는 연오의 입이 멈출 때까지 기다렸다.

"할머니랑 이모 말 잘 듣기로 약속하고 갔는데 왜 그랬어? 집에 오고 싶었어?"

연오는 고개만 끄덕이더니 지난 일주일간 무슨 일이 있었는지 늘어놨다. 동네 고양이들과 놀고 싶어서 마당에서 기다렸는데 자기만 보면 도망가서 속상했던 것. 할머니와 시장에 놀러 가서 장을 보고 구경 다닌 것. 이모와 영화관에 가서 좋아하는 애니메이션의 극장판을 보고 온 것. 쉴 새 없이 이야기를 늘어놓는 연오를 보니 정민은 수연이 떠올랐다. 언제든 오랜만에 만나면 쉴 새 없이 자기 근황을 털어놓던 사람.

식사를 마친 정민과 연오는 거울 앞 세면대에 나란히 서서 양치했다. 먼저 양치질을 끝낸 건 정민이었다. 3분 타이머를 켜놓고 양치 중인 연오에게 물었다.

"연오야, 아빠는 연오가 집에 일찍 와서 좋긴 한데 할머니는 속상하셨겠다. 연오랑 더 놀고 싶은데 집에 간다고 떼쓰고 그래서."

연오는 밥 먹을 때처럼 자기 이야기를 하는 줄 알면서도 모르는 척 양치질에 몰두했다. 입을 헹구고 뜸을 들이던 연오가 말을 꺼냈다.

"할머니 집에서 잘 때는 무서워. 불 끄면 너무 캄캄해."

정민은 연오가 민망하지 않게 함께 미소를 지어 줬다.

정민은 연오가 잠들 때까지 옆에서 자리를 지켰다. 연오의 숨소리가 쌔근쌔근해지는 걸 들으며 지난밤의 꿈을 떠올렸다. 그리고 혹시 사진 속 꿈을 꿨기 때문에, 사진에서 수연이 사라진 걸까 생각했다. 오늘도 사진을 가지고 잠을 자볼까.

정민과 수연은 취업 준비도 함께했다. 수연은 글을 쓰기 전에 회사 생활을 했었다. 입사할 때 포트폴리오는 정민이 도와 함께 만들었다. 정민은 군 복무로 휴학을 해서 수연보다 졸업이 조금 늦었지만, 학교에 다닐 때도 교수님이 추천해 준 사진작가의 어시스턴트로 일 할 정도로 실력이 있는 편이었다. 졸업 후에도 그 일을 계속하며 사진을 배우고 싶은 마음이 있었다. 하지만 이제는 원하는 사진을 담는 게 좋지 않을까 하는 생각이 들어서 졸업을 석 달 남겨두고 어시스턴트 일을 그만뒀다.

작은 스튜디오를 차리기 전까지는 스튜디오 없이 스냅숏을 찍을 계획이었다. 정민이 생각했을 때 자기 사진의 강점은 빛과 그림자를 활용해서 감정을 잘 담아내는 것이었다. 좋은 구도나 소품에 얽매이지 않고 그날 하루하루 다른 사람들의 감정이나 날씨를 잘 담고 있는 일기 같은 사진을 찍고 싶었다.

정민은 어릴 때부터 지내 온 목포 구석구석을

돌아다니기 시작했다. 목포에는 구경할 곳도 많지만, 추억할 만한 곳이 더 많았다. 작고 예쁜 이야기가 있는 골목길, 근현대 문화거리, 일본식 가옥들이 모여 있는 거리, 바닷일을 하던 분들이 모여 살던 달동네. 그 외에도 동네별로 스토리텔링을 통해 스냅숏 코스를 만들었다. 관광객들과 지역민들에게 반응이 꽤 괜찮았다.

수연은 정민과 함께 동네마다 포토스팟과 이야기를 찾아다녔다. 이날도 두 사람은 여기저기를 걸어 다녔다. 어쩌다 보니 양을산에 올라가 보자는 이야기가 나왔다. 수연의 제안이었다.

"정민아, 유달산보다 양을산 야경이 더 멋지다니까? 힘내자, 거의 다 왔어."

정민은 카메라가 담긴 배낭을 메고 숨을 헉헉 댔다. 추억으로 떠올릴 때는 이렇게 힘든 것 같지 않았는데 하고 정민은 계속 흘러내리는 땀을 닦았다. 앞장서서 올라가던 수연이 한참 앞에서 뒤돌아보며 정민을 불렀다.

"내가 좀 들어줄까?"

카메라 가방을 자주 넘어지는 사람에게 맡길

순 없었다. 정민은 고개를 저으며 힘을 냈다. 산 위에 올라가니 커다란 정자가 보였다. 정자가 있다는 건 경치가 좋다는 의미였다. 아마도 수연의 예상대로 야경 명소가 맞는 것 같다.

전망이 좋은 곳으로 가자 두 사람은 한동안 '와'라는 감탄사만 내뱉을 뿐 다른 말을 하지 못하고 도시의 야경에 집중했다. 다른 아파트나 높은 건물 어느 것에도 가려지지 않은 목포 전체가 한눈에 들어왔다. 정민은 수연의 손을 잡았다. 익숙한 장소의, 그동안 보지 못했던 아름다운 광경은 두 사람의 감정을 유연하게 흔들었다.

수연은 배가 고프다며 정자에 앉자고 정민의 손을 잡아 이끌었다. 수연은 옆으로 메고 온 작은 크로스백에서 햄버거 세 개를 꺼냈다.

○

사진을 다 찍은 후, 두 사람은 정자에 앉아 건물의 불빛들이 비치는 야경 속 어딘가에 시선을 두고 앉아있었다. 정민은 수연과 함께 봤던 영화가 떠올랐다. 다만 그 영화를 봤던 때가 지금 꿈을 꾸고 있는 시기보다 전인지 후인지는 생각이 나지 않았다.

"이렇게 같이 앉아있으니까 함께 봤던 영화가 생각나네. 야경이 참 멋졌던 영화였는데. 제목이 뭐였지?"

수연도 기억이 안 나는지 고개를 갸우뚱거린다. "뭐였지? 하도 많이 봐서 기억이 안 나네. 그땐 영화 보는 게 참 즐거웠는데, 그리고 보면 우리도 조금씩 변해가는 게 참 신기해."

정민이 수연을 바라보며 물었다. "어떤 게 변한 것 같은데?"

"고등학생 때는 영화 보는 게 즐겁고 재밌었는데 이제는 글 쓰는 게 더 재밌어. 영화 시나리오도 쓰고 소설도 쓰고. 그때는 무조건 영화 관련된 일만 할 것 같았거든. 영화를 볼 때면 안에서 뭔가 끓어오르는 감정이 있었어."

"맞아. 수연이 너는 영화감상 이야기를 할 때는 꼭 정성껏 대답했잖아. 진심으로 말하려고 노력했던 것 같아."

"응. 진심이었어. 그땐 그랬는데 이젠 또 다른 즐거운 것들이 많이 생겼네. 또 신기한 게 있어. 정민이 네가 사진에 대해서 이렇게 진심일 줄도 몰랐다는 거야."

"진심이긴 해. 그런데 나도 평생 사진을 찍고 있을 거라는 믿음이나 확신은 없어. 수연이 너한테 즐겁고 더 중요한 일들이 생기는 것처럼 나도 변해 갈 수 있잖아."

수연은 야경을 감상하던 고개를 돌려 정민의 눈을 바라봤다.

"그럴 수도 있지만, 아닐 수도 있어. 지금은 헷갈리지만 지나고 보면 한 개의 길을 걷고 있는 거지."

"결국엔 잘될 거라는 말이야?"

한동안 수연은 '으음'하며 생각에 빠졌다. 중요한 말을 할 것 같은 분위기였다.

"요즘 난 영화 보는 것보다 글 쓰는 게 너무 즐거워. 영화가 지루해진 건 아니야. 그래서 내가 정말 무얼 좋아하는지 생각해 봤어. 나는 이야기를 좋아했던 것 같아. 영화를 볼 때도 그 안에 있는 재밌고 다양한 이야기가 날 설레게 했던 거고, 지금은 영화 말고도 다른 형식으로 내가 좋아하는 이야기를 만날 수 있게 된 거야. 내가 사랑하는 이야기가 소설에도 있고 영화에도 있고 우리가 돌아다닌 모든 동네마다 있어."

정민은 이십 대 수연의 말을 듣고 새삼 놀랐다. 당연해서 잊고 있었지만, 수연은 솔직하고 자신을 잘 알았다. 그래서 강한 사람이었다. 정민은 수연이 말하는 모든 이야기들을 상상해 봤다. 함께 돌아다닌, 어디에나 있던 수연이 바라봐 온 모든 이야기들을.

"우리 어렸을 때 영화 이야기할 때 정민이 너는 항상 배우에 대해 말했던 거 알아?"

"내가 그랬나?"

"응. 배우들 표정이나 감정을 더 잘 봤던 것 같아. 나는 전체적인 영화에 대한 감상을 물었는데 너는 그 속에 담긴 감정들이 보였나 봐. 그래서 네가 찍은 사진을 보면 사람들의 감정이 잘 보여."

정민은 스튜디오에 벽면 전체를 덮을 만큼 많이 걸려있는 사진들 속 사람들의 다양한 표정들을 떠올렸다. 그 사진들은 새로운 손님들이 올 때마다 교체했지만, 수연이 떠난 후로는 거의 바뀐 것이 없이 그대로다.

"수연아. 만약에 너한테 견디기 힘들고 너무 슬퍼서 글 쓰는 게 무기력해지는 일이 생기면 어떡할 거야?"

"무슨 일이 있길래 글도 못 쓸 만큼 힘들어져?"

정민은 수연의 사고 소식을 전화로 들었을 때가 떠올랐다.

"가장 사랑하는 사람이 떠났다면? 그래서 글을 써도 예전 같지 않고 우울감에 잠긴 글 때문에 네가 더 우울해지면 어떡해?"

수연은 근심 섞인 정민의 표정과 말투를 느꼈다.

"그럴 일은 없겠지만, 정말 그럴 일은 없겠지만 말이야. 그렇게 된다면 쉬어가는 시간이 필요할 것 같아. 다시 못 일어설 수도 있지. 글 쓰는 건 감정적인 부분도 크니까."

"그게 어려운 것 같아. 지금도 느껴. 일 년 전의 나하고 지금의 나도 이렇게 매년 달라져. 그런데 언제까지고 즐겁게 느끼는 일을 할 수 있을까? 그때가면 즐거운 일이 아니라 그저 책임과 의무만 남은 직업이 돼있을지도 몰라."

수연은 정민의 손을 꼭 잡았다. 손을 잡자 두 사람의 시선도 서로 맞닿았다. 수연이 나직이 속삭였다.

"내가 글 쓰는 게 너무 힘들고 지쳐서 우울해하면 네가 다시 알려줘. 내가 글 쓰는 걸 얼마나 좋아했는지. 그러면 그때 내가 다시 진지하게 고민해볼게."

정민의 손 위에 포개진 따뜻한 수연의 손에 더 힘이 들어갔다.

"그리고 너는 사진 찍는 걸 많이 좋아하니까, 힘들어도 그걸 꼭 지키자. 나도 도울게"


○


잠에서 깬 정민은 머리맡에 사진을 확인했다. 원래 사진 속에는 햄버거를 들고 웃고 있는 수연의 모습이 있어야 하지만, 수연은 사라지고 없다. 건물 불빛들이 비치는 양을산 야경을 배경으로 정민이 쳐놓은 조명들은 아무것도 비추지 않고 뿌옇게 허공만 비추는 사진이 됐다. 정민은 수연이 사라진 양을산 야경 사진을 한동안 뚫어지게 바라봤다.

정민은 사진으로 꿈을 꿀 수 있고, 꿈을 꾸고 나면 사진 속에서 수연이 사라진다는 걸 알게 됐다. 그 후로 매일 꿈속에서 수연을 만났다. 매일 만날 수 있게 되니 숨통이 트이는 것 같았다. 꿈에서 깨고 나면 사진에서 어김없이 수연의 모습이 지워져 있는 게 마음에 걸리긴 했지만, 꿈을 꾸지 않고는 속이 텅 비어 있는 자신을 감당할 수 없었다.

사진 속 꿈을 꾸기 시작한 지 한 달이 돼가면서 많은 것들이 바뀌었다. 가장 큰 변화는 잠자는 시간이다. 원래는 잠이 안 와서 밤새 뒤척거리고 뜬눈으로 밤을 지새울 때가 많았다. 요즘엔 잠자는 시간을 지키기 위해 수면제도 복용하고 있다.

사진관에서 퇴근하는 시간도 저녁 여섯 시가 되면 무조건 칼같이 지킨다. 원래는 늦게라도 온다는 손님의 연락이 있거나 작업해야 할 사진이 많으면 수민에게 연오를 부탁하고 남아서 일을 하곤 했다. 또 예전에 정민이 스튜디오를 열기 전에는 스냅

사진을 많이 찍었는데, 그때 만났던 손님들이 간혹 연락이 오면 저녁에 남아서 사진을 찍고는 했다. 하지만 이제는 퇴근 시간을 지키고 집에 와서 하루를 마무리하고 꿈을 꿀 준비를 한다. 간단히 저녁을 먹고 집안일을 하면 저녁 아홉 시 정도에 일찍 잠자리에 누울 수 있었다.

가끔 수민이 반찬을 가지고 와서 놀다 가는 날이면 잠자는 시간이 줄어들어서 피곤하긴 했지만, 수민 덕분에 식사 준비 시간을 줄일 수 있으니 감수해야 할 일이다. 어떤 날은 수민이 정민에게 요즘 만나는 사람이 있냐고 물은 적이 있다. 정민은 매일 꿈속에서 수연을 만난다고 말하고 싶었지만 그러지 않았다.


○


정민은 방에 방음 장비를 설치했다. 사진 속 꿈을 꾸다가 윗집에서 쿵쿵대는 소리에 잠에서 깼는데 사진 속 수연은 사라진 상태였다. 제대로 꿈도 못 꾸고 사진이 사라지자, 화가 치밀어올랐다. 허무하게 사진이 사라지는 게 아까워서 결국 인테리어 시공업체를 불렀다. 셀프 시공을 할지 고민도 했지만 정민에게 중요한 건 비용이 아니라 자다 깨지 않는 잠자리였다.

정민이 자는 안방만 방음 시공업체를 불러 리모델링을 했다. 벽면과 천장에 3cm 정도 되는 흡음재를 붙였다. 바닥에는 매트와 검은색 고무 흡음재를 깔아서 두 층으로 마무리했다. 방음재와 흡음재들로 방 전체를 감싸다 보니 바닥 높이도 올라가고 벽도 두꺼워져서 방이 좁아지긴 했지만, 큰 문제는 없었다. 에어컨도 뗐다가 다시 붙여야 해서 여기저기 손이 많이 갔지만 정민은 전혀 아깝지 않았다.

날마다 꿈속에서 수연을 만난 정민은 하루도 슬픔에 빠지지 않고 다시 보통 사람처럼 생활할 수 있게 됐다. 하루의 일과를 마치고 꿈속에서 수연을 만나면 모든 걸 이야기할 수 있었다. 그러면 정민도 예전 그녀처럼 모든 걸 털어놨다. 요즘에 힘든 것들, 오늘의 가장 힘들었던 것, 그런 것들을 털어놓고 위로해 줄 수 있냐고 솔직하게 말했다. 날마다 자기 이야기를 수연에게 털어놓고 위로받으니, 정민은 더 이상 바랄 게 없었다.

정민은 매일 밤마다 꿈을 꾸기 전에 체크해야 할 것들은 메모지에 적어서 침대맡에 놨다.

현관, 창문 모두 잠갔는지 확인하기.

소리 나는 전자 기계 다 꺼놓기.

자기 전에 연오가 잠들었는지 확인하기.

꿈이 마음에 들지 않아서 깨고 싶을 땐

높은 곳에서 뛰어내리기.

앞으로 꿈을 꿀 수 있는 사진의 수량 파악하기.

꿈에서 만난 수연에게는 항상 솔직하게 말하기.

사진은 반드시 베개 밑에 넣어둘 것.


○


지난밤, 수민이 얼마전 개봉한 애니메이션을 심야 영화로 보고 오겠다며 연오를 데리고 갔다. 어린 조카와 심야 영화를 보다니 신선한 발상이다. 언제가 수민이 심야 영화의 좋은 점에 관해 이야기한 적이 있다. 영화관 안에 사람들로 가득 차서 명절 분위기 내며 보는 건 영화에 집중이 안 된다고. 즐거운 가족영화라면 괜찮지만, 꼭 보고 싶었던 영화를 감상하고 있는데 누군가의 이야기하는 소리가 방해되는 게 싫다고 했다. 그리고 무엇보다 한적한 영화관은 더 넓고 쾌적하다고 한다. 연오는 그런 이모를 따라가는 게 신이 나 보였다. 늦게까지 놀다 잘 수 있으니. 그런 날이면 일어나자마자 연오를 챙기지 않고 바로 스튜디오로 와서 출근 시간이 넉넉했다. 오는 길에 시원한 아메리카노도 한잔 사 올 정도로 여유가 있다. 사진관 창문들을 열고 환기를 시켰다. 컴퓨터 앞에 커피를 두고 지난밤에 들어온 예약 손님이 있는지 보며 마우스 스크롤을 내렸다.

15:00, 두 명

한 팀 있는 걸 보고 한숨이 푹 내쉬었다. 사실 사진관에 손님이 줄어든 지는 오래됐다. 정민의 스튜디오는 목포 사람이면 누구나 한 번쯤 들어봤을 곳이지만 수연이 떠나고 휴식기를 가진 후로 쭉 손님이 없었다.

예전 같으면 하루에 최소 열 팀은 왔을 텐데 요즘에는 일주일 동안 한 팀도 못 받은 적이 많았다. 사진 찍는 선배들이 유동 인구가 많은 동네에 사진관을 열어야 한다고 조언했던 것도 지금과 같은 상황을 방지하기 위해서였을 것이다.

증명사진, 여권 사진은 최소 생계를 유지할 수 있도록 도와주는 고정 수입이다. 하지만 정민의 사진관은 여권 사진 같은 걸 전문으로 하지 않을뿐더러 찍는다고 하더라도 상권 없는 이 작은 동네에 몇 명이나 여권 사진을 찍으러 올지 싶었다.

정민이 일할 준비를 하는 동안 다시 수민이 찾아왔다. 곧 예약 시간이다 보니 수민도 스튜디오 입구 쪽으로 자꾸 시선이 간다. 세 시가 된 지 이십 분이 지났는데도 예약 손님은 아직이었다. 정민은 예약자 번호로 전화를 걸어봤지만, 신호만 갈 뿐 받지 않는다. 잠시 후 문자가 한 통 왔다.

오늘 세 시 예약한 사람입니다. 급한 사정이 생겨 못
갈 것 같습니다. 죄송합니다.


문자를 읽는 정민의 표정을 수민이 눈치챘다.

"손님 못 온대요?"

"그렇다네."

스튜디오에 켜놓은 조명들을 다시 끄고 두 사
람은 소파에 앉았다. 수민이 먼저 정적을 깼다.

"오늘 그 손님 왔어도 한 팀만 오는 거였잖아
요. 사진관 이대로 괜찮아요?"

'안 괜찮은 거면 그때는 어떻게 해야 할까'라
고 말할 뻔했다.

"일단은 버텨봐야지."

"형부, 지금은 연오가 어려서 괜찮은데 학년
올라갈수록 돈 들어갈 데가 더 많아질 거예요. 요즘
우리 학교 애들만 봐도 그래요."

당장 해결할 수 있는 일이 아니라고 생각되니
상황을 넘기고 싶어서 농담을 꺼냈다.

"그러면 증명사진 맛집이라고 인스타그램에
홍보라도 해볼까?"

처음에는 웃지 못했지만 잠시 후에 수민은 억지로 미소 지어 줬다.

"도와야 할 게 있으면 꼭 말해요. 내 친구 중에 인플루언서들 많아요."


**#첫 번째 가족 여행 #도초비금**


수연과 정민은 두 사람 다 근무 시간이 일정하지 않다 보니 함께 휴가를 가기 위해 날짜를 맞추는 게 쉽지 않았다. 그래서 여름 휴가철을 제외하고는 일 년에 한 번 정도만 휴가를 함께 쓸 수 있었다. 결혼생활 초기에는 수민과 장모에게 연오를 부탁하고 결혼기념일 날짜에 맞춰 여행을 간 적이 있다. 한번 갔던 여행 기간 내내 수연과 정민은 연오가 걱정되어서 마음껏 여행을 즐기지 못했다.

연오가 걷기 시작한 후로 세 사람은 결혼기념일 대신 연오의 생일에 맞춰 여행을 갔다. 어린 연오 때문에 멀리 갈 수 없어서 차근차근 목포 인근부터 다녀보기로 했다. 오늘 꿈을 꾸고 있는 날은 연오의 여섯 살 생일날이다.

목적지는 도초비금도. 목포에서 압해대교를 타고 들어가 압해도를 지나 암태도 남강여객선터미널에서 다시 배를 타고 들어가면 도초비금에 갈 수 있다. 배를 타러 가는 동안 세 사람은 창문 밖 바다와 그 위에 펼쳐진 푸른 하늘, 그리고 노래를 즐겼다. 노래 선곡은 항상 수연의 특권이었다.

연오는 뒷자리에 앉아 창밖을 보다가 잠들었고, 정민과 수연은 잔잔한 플레이리스트를 들으며 경치에 감탄하다 보니 금세 암태도 선착장에 도착했다. 금방 출발하는 배가 있어 바로 배에 차를 싣고 출발했다.

비금도초에 도착하자 잠에서 깬 연오는 힘이 넘쳤다. 우선 읍내에 있는 마트에 가서 장을 봤다. 저녁에 바비큐 파티를 하면서 먹을 고기와 부식거리를 고르는데 연오가 계속 과자 코너를 기웃거리는 게 보였다. 그러더니 몰래 과자 하나를 슬쩍 집어 와서 카트에 담았다. 수연이 눈치채지 못할 거라고 생각한 연오는 신이 나서 다시 몰래 과자 넣기를 시전했다. 참다못한 수연은 연오를 불렀다.

"연오야. 이렇게 과자를 다 가져오면 안 돼."

혼자만의 스릴을 즐기던 연오는 깜짝 놀라 눈이 동그래졌다.

"대신 오늘 엄마가 과자 선배로서 여기서만 먹을 수 있는 과자 만들어 줄게."

동그래진 연오의 눈이 더 커졌다.

"여기서만 먹을 수 있는 과자를 만들어? 엄마가 할 수 있어?"

"물론! 대신, 저녁에 바비큐 파티한 후에 먹자."

장을 본 세 사람은 바다를 보러 갔다. 모래사장이 하트 모양을 한 하트 해변을 지나 명사십리에 도착하니 감탄할 만한 경관이 펼쳐졌다. 흰 모래가 끝없이 펼쳐진 모래사장은 장장 4km가 넘을 만큼 길었다. 웬만큼 시력이 좋은 사람이 와도 끝을 볼 수 없을 정도로 길게 뻗은 모래사장 너머의 바다도 아름다웠다. 연오는 오면서 비축해 둔 힘을 여기저기를 뛰어노는 데 쏟아부었다.

해가 바다 너머로 저물어 내려갈 때까지 세 사람은 해변에서 시간을 보냈다. 연오는 모래사장을 쓸어내리는 파도의 물결과 놀았고, 정민은 옆에서

한 번씩 카메라 셔터를 누르며 연오가 너무 멀리까지 가지는 않는지 지켜봤다. 돗자리에 누워서 두 사람을 바라보던 수연은 엎드려서 수첩에 뭔가를 끄적이고 있었다.

해가 저물고 세 사람은 예약해 둔 펜션으로 갔다. 한옥으로 지어진 건물들은 오래된 것 같았지만 관리가 잘 돼서 깨끗했다. 연식은 좀 된 것 같지만 그래서 더 고색창연해 보였다.

정민은 바비큐를 구울 숯에 불을 지폈다. 수연은 부엌에서 채소들을 씻어 온 걸 마당에 있는 나무 테이블에 올려두었다. 연오는 테이블 위에 있는 음식들을 줄에 맞춰서 가지런히 정리했다. 정민이 고기를 수북이 쌓은 접시를 테이블에 내려놓고 자리에 앉자, 세 사람의 저녁 식사가 시작되었다.

"잘 먹겠습니다!"

나무 테이블은 여섯 명이 앉을 수 있을 정도로 넓었지만 정민과 수연은 연오의 옆에 앉았다. 수연은 정민이 작게 자른 고기를 연오의 입으로 넣어주고, 정민은 수연의 입으로 고기를 넣었다. 연오의 식사가 끝나고 난 후에 수연은 낮에 마트에서 샀던 과자들을 가져왔다. 나무젓가락에 마시멜로를 꽂아서 불 위에 돌려가며 익히니 하얗던 게 순식간에 노랗게 익었다. 뜨거운 마시멜로를 초콜릿과 비스킷으로 샌드위치를 만들어 연오의 입에 넣어줬다. 신기하게 바라보던 연오는 두 개 정도 먹고는 질렸는지 배가 부르다고 말했다. 연오가 스모어 쿠키까지 다 먹은 후에야 정민과 수연의 식사는 시작됐다.

"고기 따뜻하게 해줄게. 잠깐만."

정민은 접시 위에 있는 고기들을 다시 그릴 위에 올려 따뜻하게 데운다. 하루 종일 여기저기를 돌아다니느라 수연이 지쳤을 것 같아 마음이 쓰였다.

"좋지. 고기 다 먹고 스모어 쿠키 해줄까?"

"그럼 따뜻한 차랑 같이 먹자."

"오늘 배에서 보낸 시간이 많았잖아. 힘들진 않았어?"

"운전은 자기가 했잖아. 난 조수석에서 여행을 만끽하느라 지칠 새가 없었어. 자기는 괜찮아?"

"응. 아까 명사십리에서 연오 사진 찍는데 정말 좋더라. 바다에 노을이 잠길 때 사진이 진짜 잘 나왔어. 수첩에 뭔가 적던데, 무슨 내용이었어?"

"경치가 좋고, 경치 안에 있는 두 남자도 좋아서 눈에 보이는 걸 적었어. 나중에도 오늘을 꼭 기억하고 싶다 정말."

수연은 정민의 오늘 하루가 어땠을지 알 것 같았다. 마음속에 행복밖에 없어서 그 시간이 흘러가는 찰나에도 아쉬웠을 것이다. 수연의 마음도 정민과 같았다.

"그럼 아까 수첩에 적은 거 같이 읽어볼까? 내 사진도 같이 보고?"

수연은 뜸을 들였다.

"이따가 상 치우면 연오랑 누워서 보자."

식사를 마쳤는데 연오가 그새 잠이 들었는지 너무 조용했다. 연오에게 이불을 덮어주고 두 사람은 다시 마당에 나왔다.

"따뜻한 차 한 잔 마실까?"

"나는 커피 마실래."

정민은 늦은 시간에 커피라니 괜찮을까 생각했지만, 묻지 않고 부엌에서 본인 것까지 두 잔의 아메리카노를 들고 나왔다. 나오자마자 수연이 방금 만든 스모어 쿠키를 입에 넣어줬다.

"어때? 오늘의 과자야."

"달아!"

맛있었지만 정민도 두 개밖에 먹지 못했다. 금방 배부르게 되는 달달함이다. 왜 연오가 두 개만 먹었을지 알 것 같다.

"아까 자기랑 연오가 파도 따라서 걷고 있을 때 바다 위에 노을이 핑크로 변하던 거 봤지?"

핑크빛 노을이 바다에 반사되어서 온 세상이 핑크로 가득 찼던 순간을 정민도 콤팩트 카메라에 담았다.

"응. 자기도 엎드려서 글 쓰고 있을 때 핑크로 보였어."

"매년, 날마다 오늘 같은 날들이 계속되면 좋겠어."

정민은 매년 이럴 수 없다는 걸 알고 있다. 수연의 사고 소식을 들었던 날이 떠올랐다. 정민의 굳은 표정을 보고 수연이 물었다.

"정민아, 요즘에도 걱정돼? 예전에 그랬잖아. 오늘 좋아하는 것들이 다음을 언제까지 함께 할 수 있을지 걱정된다고."

대답해야 할 것 같은데 한마디라도 꺼내면 속에 넘실거리는 슬픔의 감정이 넘쳐서 밖으로 쏟아질 것 같았다.

"우리도 1, 2년 사이에 이렇게 변했는데, 연오는 내년에 어떤 모습일까? 난 변하게 될 것들이 너무 기대돼."

연오가 젓가락질하는 모습이 떠올랐다. 수연은 연오의 젓가락질하는 모습을 보지 못했다.

"좋아하는 사람들, 좋아하는 일들이 지금처럼 행복을 주면 그럴 거야. 그런데 내 곁에서 사라져 버릴 수도 있잖아. 당장 오늘 이렇게 행복해도 말이야."

수연은 정민의 손 위에 자기 손을 포갰다. 두 손은 따뜻했다. 두 사람은 마주 보았다.

"그러네. 우리가 사랑하는 것들이 사라지면 정말 슬플 것 같아. 사실 나도 회복될 거라는 자신은 없어. 그런데 슬픔이 올라와도 그 밑에는 좋아하는 마음이 남아있어. 좋아하는 마음을 받쳐주어야 그 위로 슬픔이 올라오거든."

정민은 소용없는 걸 알면서도 꿈속에서 수연에게 말하고 싶었다. 몇 년 후 일어날 사고를 조심하라고. 방안에서 엄마를 부르는 연오의 목소리가 들렸다. 수연은 연오를 다시 재우러 들어가고 정민은 남아서 저녁 먹은 것들을 정리했다.

슬픔을 준비할 수 있는 사람이 있을까. 한 번에 몰려오는 이별과 좌절감은 쉽게 해결되지 않는다. 만약 수연 대신 내가 사고를 당했으면 수연은 이겨낼 수 있었을까. 정민은 수연의 몫까지 자신이 해낼 수 없다는 것에 크게 좌절해 왔다. 아직도 연오는 잠에서 깨면 아빠가 아닌 엄마를 먼저 부른다.


○


"아빠. 뭐해?"

연오가 수연의 손을 잡고 나왔다. 눈이 말똥말똥하다.

"아빠는 우리가 먹은 상 치우고 있었어. 잠 다 깨버렸어?"

"이제 끝났어? 잘 거야?"

연오의 물음에 수연을 보니 수연도 눈을 크게

뜨며 정민에게 선택권을 넘긴다. 화로대를 가져와서 나무 장작을 넣고 불을 붙인다. 정민이 토치로 몇 분간 불을 만지더니 화로대 위로 불이 훅 올라온다. 그 옆에서 세 사람은 불의 온도와 서늘한 가을밤의 공기를 함께 느꼈다.

"연오는 오늘 뭐가 제일 재밌었어?"

곧장 다! 라고 대답한 연오는 무언가가 생각났는지 다시 말했다.

"파도 피하기 재밌었어. 발자국 생기는 것도."

연오의 미소가 눈부셨다.

"아빠도 오늘 무지 재밌었대. 그런데 다음에는 파도를 피하지 못할 거 같아서 걱정된대."

연오의 얼굴이 다시 시무룩해지더니 정민에게로 시선이 간다.

"내일은 바다 못 가?"

"같이 바다에 가자. 매일 갈 수는 없지만 노력해서 자주 오자."

수연이 연오를 가슴 속에 폭 안는다.

"연오도 바다에 못 올 거 같아서 걱정되는구나. 그러면 연오가 바다를 좋아하게 된 거야. 좋아하니까 걱정이 되고 슬픈 거야."


○


퇴근 후 집에 찾아온 수민의 분위기가 평소와 달리 심상치 않았다. 어제부터 개학을 해서 그런지 몹시 피로해 보였는데, 그렇다고는 해도 평소와 확연히 달랐다. 연오와 함께 저녁을 먹고 상을 치우는 동안에도, 설거지할 때도 흘러넘치던 장난기가 없었다. 어떤 생각에 빠져서 다른 사람과 대화할 정신이 없는 것처럼 보였다. 정민은 수민이 고무장갑을 벗는 걸 보고 식탁에 앉았다.

"처제, 무슨 일 있어?"

정민과 눈이 마주치면서 수민은 생각의 바닷속에서 빠져나왔다.

"아니, 별 건 아니고, 오늘 학교에서 있었던 일을 형부한테 말해야 할 것 같아서요."

정민은 몸을 기울여서 수민의 말에 귀를 기울였다.

"걱정 안 해도 되는 일인데 오늘 연오가 반 친구랑 문제가 있었나 봐요."

"싸운 거야?"

"아니, 주먹다짐하거나 한 건 아닌데 티격태격했나 봐요. 반 아이가 불러서 보니까 둘 다 울고 있더라고. 그런데 때리거나 맞은 게 아니라서 크게 걱정할 건 아닌 것 같아요. 그래도 형부한테 말하는 게 맞는 거 같아서요."

정민은 때리지도 맞지도 않았다는 수연의 말에 안도했다.

"다행이다. 혹시라도 무슨 일 생기면 바로 알려줘."

"알겠어요. 그래도 학교에서 연오는 또래 애들보다 진짜 착한 편이에요. 다른 친구들한테 인기도 많고. 나이에 비해서 성숙하고…, 집에서만 아가야."

그러더니 소파에 누워서 잠든 연오를 바라봤다.

"뭐 때문에 싸운 건지는 물어봤어?"

"네. 물어봤는데 연오랑 걔랑 둘 다 말을 안 해요. 그래도 느낌이 오는 거 알죠? 아, 누가 먼저 시작했고 잘못했겠구나, 눈치로 느껴지는 거?"

"느낌은 어땠어?"

"연오랑 싸운 애가 우물쭈물하고 또 연오가 무슨 말 할지 눈치를 보더라고요. 그래서 그 애가 연오한테 장난하다가 서로 마음 상한 게 아닌가 싶어요."

"그런데 왜 싸운 이유를 말 안 하는 거지?"

두 사람의 시선이 다시 잠든 연오에게 향했다.

"그러고 보니까 연오가 이상한 걸 물어봤어요."

"뭐래?"

"사진이 고장 난대요. 사진이 고장 나면 어떻게 고치냐고 물어봤어요."

정민은 꿈을 꾸고 나서 수연이 사라진 사진들을 한곳에 모아둔 게 생각났다.

"형부, 사진이 고장난다는 말이 뭐예요? 찢어졌냐고 다시 물어봤는데 그게 아니래요. 혹시 아는 거 있어요?"

정민이 꿈을 꿔서 사진 속에서 수연이 사라지고 있는 걸 연오가 눈치챘다. 왜 말하지 않았을까.

"연오도 그렇고 또래 학교 애들도 그런 말 자주 하긴 해요. 너무 걱정하지 마요. 상상 속의 친구가 다들 있었던 거랑 비슷한 거일 수도 있어요."

고민됐다. 사진 속 꿈을 꾸고 나면 수연이 사진에서 사라진다고 말했을 때 수민이 믿을까? 아마도 걱정만 깊어지겠지.

"고장 난 사진은 내가 고쳐볼게. 처제도 너무 고민하진 마."

"고장 난 사진이 뭔데요?"

"상상이나 꿈속에서 일어나는 일 아닐까?"

수민이 돌아가고 연오를 침대로 옮겼다. 정민은 침대에 누워 사진을 고르다가 아까 들었던 말이 떠올랐다.

'고장 난 사진.'

정민은 잠든 연오의 침대맡에 앉아 연오를 바라봤다. 연오가 보기에 그 사진들은 고장 나고 있었구나. 나는 사진을 고장 내는 사람인 걸까.

**#원데이 클래스 #사진을 지키는 방법**

서산동사진관은 오픈 초기에는 관광객이나 지

역 사람들에게도 인기가 많았다. 동네별 포토스팟 프로그램을 통해서 사진에 관심을 두게 된 손님들도 많았다. 그러다 보니 정민에게 사진 클래스를 열어달라는 요청도 꽤 있을 정도였다. 하지만 정민은 자신이 누군가에게 사진에 대해 알려줄 실력이 아니라고 생각했다.

대학생 때 사진작가 어시스턴트 일을 하며 배운 게 실전 경험의 전부이고, 스냅사진을 찍다가 이제 겨우 스튜디오를 열었는데 사진 교실이라니. 사진을 배우고 싶다는 손님들을 보면 정민은 자주 찍어보고 또 다양하게 찍어보라는 말밖에 해줄 수 없었다. 실제로 정민이 아는 것 중 가장 현실적인 조언이었다.

좋아하는 사진작가를 찾아서 공부하거나 하는 건 이들이 원하는 사진 취미가 아닐 것이다. 오늘을 남길 수 있다면 다들 즐겁게 사진을 즐길 수 있지 않을까 생각했다.

오늘은 이벤트를 목적으로 사진 교실을 열었다. 사진을 잘 찍는 법에 대해 강의하진 않고, 사진 보관법에 대해 알려주며 간단하게 사진관 홍보도

할 겸 준비한 프로그램이었다. 처음에는 간단하게 대여섯 명 정도를 대상으로 티타임을 가지며 할 생각이었는데, 수연과 수민은 반대했다. 기왕 하는 거 제대로 해야 홍보 효과가 확실하다고 두 자매는 정민을 열심히 설득했다.

"언니, 커피랑 차는 주문했어?"

사진관 옆에 있는 게스트하우스 내부 카페에 미팅룸으로 쓸만한 공간을 대여했다. 수민은 꽃을 좀 사 와서 테이블 위에 장식하고 있다. 정민은 이렇게까지 할 일인가 싶었지만, 막상 시작할 때가 다가오니 긴장감이 올라왔다. 게스트하우스 사장님이 빌려주신 빔프로젝터를 수연이 작동해 보더니 준비한 PPT 파일을 열었다. 노래 선곡은 게스트하우스 사장님 담당이지만 수연은 자꾸만 자신이 원하는 노래의 느낌을 설명했다.

"사장님. 기타 소리 잔잔한 느낌으로 가시죠. 무슨 느낌인지 아시죠?"

오후 두 시가 되고 정민의 원데이 클래스 '사진을 지키는 방법'이 시작됐다. 미팅룸 안에 앉은 사람들은 이십 명은 족히 돼 보였다. 그중에는 사진관을 자주 찾는 익숙한 얼굴들도 꽤 있다. 낯익은 사람들의 얼굴을 보니 정민의 긴장감도 조금은 가라앉는 듯했다.

"안녕하세요. 서산동사진관 박정민입니다. 제가 사람들 앞에서 이야기하는 건 대학교 때 이후로 처음이라서요. 긴장이 풀릴 때까지는 보시기 불편하더라도 양해 부탁드릴게요."

수강생 중에는 열심히 받아적는 아주머니들도 있었지만, 긴장한 정민을 위해 고개를 끄덕이며 응원하는 단골손님들도 보였다.

○

"저는 사진을 참 좋아해요. 찍는 것도 그렇고, 보는 것도 좋아합니다. 집에 버리지 못하고 남은 사진들이 참 많으시죠? 저도 주변에서 사진을 다 버려야 하나 고민하는 분들을 자주 만납니다.

혹시 집 창고 정리를 일주일에 한 번 이상 하시는 분이 계실까요? 저는 일 년에 한 번 정도 하는데요. 대단하시네요. 집에서 보면 버리지 못하고 쌓인 물건들이 많은데 그중에 사진이 차지하는 비중이 대단히 크죠. 베란다에 아무렇게나 둬서 방치된 앨범을 열면 습기 때문에 곰팡이가 핀 경우도 많아요. 또 옛날 부모님들은 왜 그렇게 사진을 크게 찍었나 몰라요. 사람만 한 액자들은 평생 벽에 걸어둬야 할까요? 오늘은 버리기는 아깝고, 계속 들고 있기엔 부담이 되는 여러분의 소중한 추억들을 잘 지켜낼 수 있는 몇 가지 방법을 알려드리려고 해요. 잘 부탁드립니다."

○

사진에 관해 이야기하는 정민의 모습 속에 더 이상 긴장감과 걱정은 보이지 않았다. 수연과 수민은 통유리로 된 미팅룸을 밖에서 지켜보고 있었다.

"형부, 말 잘한다. 분위기를 리드하는데?"

"아까는 되게 긴장했던데 이젠 괜찮나 보다. 사실 나도 일이 너무 커진 건 아닌지 걱정했는데 일

키우길 잘한 것 같아. 저렇게 좋아하면서 말하는 걸 보면. 그치?"

　밖에서 지켜보던 수연과 수민은 조용히 미팅룸에 들어와 뒤쪽 빈자리에 앉아서 정민의 사진 이야기를 청강했다.

　정민은 현실적인 사진 정리 팁이나 보관법에 관해 설명했다. 사진도 결국 종이이기 때문에 습기 조절이 되는 곳에 보관해야 한다는 것이나, 오래된 앨범에서 사진을 떼서 사진만 따로 보관하거나 앨범을 교체해야 하는 시기에 대해서, 감당 못 할 대형 사진들은 다시 사진으로 찍어서 파일로 보관하는 방법 등, 여러 가지 사진을 지키는 방법들을 소개했다.


○


"사진은 카메라를 든 사람의 시선을 담는 순간이라고 생각해요. 사진을 보면 카메라를 든 사람이 무얼 보고 있었는지 알 수 있죠. 저는 사람들의 그날 하루를 담고 싶어요. 그래서 사진관에 오시는 손님들을 카메라 앞에 앉혀 놓고 오늘 하루가 어땠는지 물어보곤 합니다."

"형부 멋지다. 저런 거 언니도 알고 있었어?"

"몰랐어. 저 사장님 멋진데?"

두 사람이 감탄하는 사이에도 정민의 강의는 계속되었다.

"사진 찍으러 오는 분들 기분이 다 좋을 거라고 생각하실 수도 있는데, 그렇지 않은 분들이 정말 많아요. 여행 오셨는데 하루 종일 여행 동료랑 안 맞아서 기분이 안 좋으셨던 분, 주말에 외출해서 피곤한 아버지, 사진을 별로 좋아하지 않지만 어쩔 수 없이 끌려오신 분들."

뒤쪽에 앉은 수연과 수민을 발견한 정민의 입가에 미소가 피었다.

"카메라 앞에 앉은 분들의 그날 하루에 관해 이야기하고 사진을 찍으면요. 사진에 찍힌 그 분위기와 얼굴에 그날이 담기게 돼요. 물론 제 개인적인 생각입니다. 그런데 저는 그런 마음가짐으로 사진을 찍습니다. 매일 같은 시간에 같은 사람이 와도 똑같은 사진이 나오지 않잖아요."

　아주머니 수강생들은 영업비밀이라도 들은 것처럼 받아적기 바빴다. 하지만 가장 중요한 말은 다음에 나왔다.

　"집에 돌사진 같은 옛날 사진을 걸어두시는 분들이 많은데, 지금을 담은 사진을 걸어두는 걸 추천해 드립니다. 지금은 결혼한 자녀분들이 어렸을 때 찍은 사진이라거나. 추억이고 아름답긴 하지만 거실이나 방에 걸어둘 사진은 오늘을 살아가는 사진을 거시는 걸 추천해 드립니다. 소중한 추억은 간직해 두고 꺼내보는 게 더 추억을 지키기 좋은 방법인 것 같아요. 제 아내는 글을 쓰는 작가인데요. 세상에 있는 그 많은 단어 중에서 인연이라는 말을 가장 좋아합니다. 그래서 저도 생각해 봤는데, 저는 '오늘'이라는 말이 가장 좋아요. 사진은 오늘을 더 소중하게 해주니까요. 그래서 저희 부부가 가장 사랑하는 아이의 이름은 인연과 오늘을 줄여서 연오라고 지었답니다. 다들 소중한 사진과 오늘을 꼭 잘 지키시길 바랄게요. 여기까지 들어주셔서 감사합니다."

○

　정민은 꿈속에서 수업을 진행하는 내내 '사진을 지키는 방법'이라는 수업 이름이 마음에 걸렸다. 사진을 고장 내는 사람이 이런 말들을 해도 되는 걸까 하고.


○

　"안녕하세요. 연오 아버님 되시죠?"
　아침부터 연오의 담임선생님에게 걸려 온 전화에 정민은 당황스러웠다. 연오가 친구를 때렸는데 그 친구의 어머니가 학교에 와서 연오 부모님을 불러달라고 요청했다고 한다. 정민은 곧장 수민에게 전화를 걸었다. 수민은 연오의 담임이 아니지만 무슨 상황인지 알아보겠다고 했다.
　정민은 연오의 입학식과 학부모 참관 수업 때 말고는 학교에 가는 게 이번이 처음이었다. 어떤 상황이 일어날까. 자주 입는 청바지와 잠바를 입고 집

을 나서려다가 재킷에 면바지로 갈아입고 학교로
향했다.

2층 교무실 안으로 들어가니 중앙에 놓인 테이
블에 연오와 또래 남자아이 한 명이 앉아있는 게 보
인다. 연오는 정민을 보고 놀란 눈치다.

학교로 오는 길에 수민이 통화로 전해준 이야
기는 이랬다. 자기를 자꾸 놀려대고 빈정거리는 한
아이가 있어서 연오가 참다못해 그 아이를 때린 모
양이라고. 다음 날, 맞은 아이의 엄마가 한달음에
학교에 찾아왔는데 차근차근 아이들의 이야기를
듣고 난 후 자기 아들의 잘못을 인정했다고 한다.
싸움을 지켜본 친구들의 증언에 의하면 연오 혼자
만 일방적으로 폭력을 사용한 것도 아니었다. 게다
가 먼저 시비를 걸고 주먹을 휘두른 아이도 연오가
아닌 상대편 아이였다. 따라서 학폭위까지 갈 문제
는 아닌 것 같다고 했다. 수민은 놀란 정민을 안심
시켰다.

정민은 상담실에서 연오와 싸웠다는 민석이라
는 아이의 엄마를 만났다. 아직도 분이 풀리지 않은
지 화난 얼굴의 여자는 차가운 눈빛으로 정민을 쏘

아보았다. 그러면서 자기가 지금까지 민석을 얼마나 얼마나 소중하게 키워왔는지 열변을 토했다. 정민은 만약 수연이 이 자리에 있었다면 우리도 연오를 얼마나 애지중지했는지 말싸움을 하게 되지 않았을까 상상해 봤다. 아마도 수연의 감정이 격해져서 다툼이 커지면 정민이 오히려 두 사람을 말리는 역할을 해야 했을 것이다. 하지만 연오의 엄마 역할을 할 수 있는 사람은 지금 이 자리에 없었다.

"아까 보니까 민석이 목이 시뻘겋던데 멍들면 어떻게 할 건데요?"

여자의 목소리가 너무 격앙된 나머지 고함을 지르기 직전까지 올라간 상태였다. 정민이 무슨 말을 하려고 할 때마다 민석이 엄마는 말을 가로채서 언성을 높였다. 담임 선생님은 난처한 표정으로 두 사람을 번갈아 바라보다가 잠시 후 입을 열었다.

"어머니, 제가 아까 아이들하고 이야기 해봤는데 연오가 일방적으로 민석이를 때린 게 아니고요…."

오히려 선생님이 정민과 연오를 변호했다. 얼마 후 민석의 엄마가 분통을 다 쏟아내고 돌아간 상담실에는 진이 빠진 담임 선생님과 정민만 남았다. 상황이 정리되고 나서야 정민은 비로소 연오의 담임 선생님이 꽤 어려 보이는 걸 깨달았다. 수민의 또래로 보인다. 아무래도 근무 연차가 오래된 선생님 같진 않았다.

"아버님, 제 개인적인 생각이긴 하지만 민석이 어머니가 저렇게 화나신 건 오늘 일 때문만은 아닌 것 같아요."

"연오랑 민석이가 예전부터 사이가 안 좋았나요?"

선생님은 고개를 절레절레 저었다.

"아니요. 애들 때문이 아니라…. 학부모들 사이에서 요즘 관계가 어려우신가 봐요. 이번에 학부모회장이 되실 뻔했다가 어찌어찌해서 안 됐거든요. 마음이 많이 상하셨나 봐요."

그 아줌마는 아무래도 상관없었다.

"혹시 그분이 제가 오기 전에 연오에게 화를 내거나 소리를 쳤나요?"

"아니요! 절대 그런 일은 없었어요. 민석이 상태만 확인하셨고요. 화를 내신 건 거의 제 앞에서만 하셨어요."

속에 분노가 치밀어 올랐다. 본인 감정 하나 조절 못 해서 애들 앞에서 화를 내다니. 정민은 애써 감정을 억누르며 말했다.

"선생님도 고생하셨어요. 아까 이야기된 것처럼 앞으로 문제 삼거나 하진 않겠죠?"

"네. 일방적으로 때린 게 아니라 서로 싸운 거라 문제 삼을 수는 없을 것 같아요. 갑자기 학교까지 오시라고 해서 너무 당황하셨죠. 죄송합니다."

"혹시 연오가 아이들에게 따돌림을 당하는 것 같지는 않던가요?"

정민의 물음에 선생님은 민석이 엄마가 다시 온 것처럼 당황했다.

"아니요. 그런 건 절대 아니에요. 그런 것 같으면 제가 먼저 연락을 드렸을 거예요. 연오의 분위기가 좀 달라지다 보니까 주변 친구들도 그걸 느낀 것 같아요. 그리고 아, 여쭤봐야 할 게 있는데요."

"네. 말씀하세요."

말하기 전 망설이는 기색이 역력하다. 아까부터 이 말을 해야 할지 고민인 것 같았다.

"아버님 사진관을 하고 계시죠?"

164

"네. 맞아요."

"그런데 연오 가방 열어보신 적 있으세요?"

교무실에서 연오의 가방을 가져와서 테이블에 올려뒀다. 정민이 가방 지퍼를 열자, 책들 사이로 여러 장의 사진들이 보인다. 책을 다 꺼내고 가방을 뒤집어서 물건을 다 쏟아내니 전부 다 집에 있던 사진들이다.

"제가 아까 사진들을 다 확인해 봤는데 연오 어머니 사진이 많더라고요. 연오가 집에서 어머니 때문에 많이 힘들어하나요?"

정민은 수민이 했던 말이 떠올랐다.

'고장 난 사진.'

"아무래도 가방에 엄마 사진을 많이 가지고 다니는 걸 보고 아이들이 놀렸나 봐요. 그중에 민석이가 짓궂은 편이라 싸우게 된 것 같아요. 사진을 이렇게 많이 가지고 다니는 게 이상해서요. 아버님은 혹시 이유를 알고 계신가요?"

○

정민은 사진을 담은 책가방을 한쪽 어깨에 메고, 반대 손에는 연오의 손을 잡고 학교를 나왔다. 연오는 지금 무슨 생각을 하고 있을까. 정민은 사진을 고장 내는 장본인이 자신이기 때문에, 집에 가는 내내 연오를 똑바로 볼 수 없었다.

수민은 연오가 너무 걱정됐다. 동료 선생님에게 이야기를 들었을 때 형부는 차분한 사람 같아 보였고, 침착하게 상황을 잘 이해하고 집으로 돌아갔다고 한다. 하지만 수민은 안심할 수가 없었다. 그녀가 보기에 정민은 언니가 떠난 후로 웬만해서는 감정을 드러내지 않고 있었다. 정확히 말하자면 힘든 걸 전혀 표현하지 않았다. 언젠가 연오를 재운후 형부에게 인사를 하고 가려고 거실로 나갔는데 소파에 앉아서 멍하니 꺼진 텔레비전을 보던 형부를 본 적이 있다. 그때 정민의 시선은 시꺼먼 텔레비전을 응시하고 있었다. 단지 앉아만 있었을 뿐인데도 그 공간에는 상실감과 공허함이 가득 차 있었다. 집에 가보겠다는 수민의 인사에 얼른 시선을 돌려 입꼬리만 겨우 올려서 인사를 해줬다. 그때 본 형부의 눈 안에는 슬픔을 지우기 위해서 감정까지 지운, 텅 빈 눈동자가 보였다. 슬프지 않기 위해서 감정의 스위치를 꺼버린 사람처럼.

수민은 퇴근하자마자 정민에게로 향했다. 현관을 들어서니 집안은 조용했다. 소파에 형부 혼자 앉아있고 텔레비전은 꺼져있었다. 수민은 마음이 철렁했다.

"형부! 연오 어디 있어요?"

형부의 텅 빈 표정에서 움직일 수 있는 건 고작 눈동자뿐인 듯했다.

"방에 있어."

연오의 방에 가보니 연오는 머리부터 발끝까지 이불에 들어가 숨어있었다. 친구와 싸운 걸 수민에게 말하고 싶지 않은 모양이었다.

"연오야, 자?"

"안 자는데."

안심이 됐다. 수민은 연오에게 다가가 이불을 홱 젖혔다.

"연오 너, 이모 왔는데 인사도 안 하고 이불 속

에서 그러고 있을 거야?"

침대 위에 이불 없이 웅크린 연오는 당황해서 동그란 눈을 끔뻑끔뻑하며 수민을 올려다봤다. 수민은 연오를 번쩍 들어 올려 거실 소파로 향했다. 그리고 형부 옆에 연오를 앉혔다.

"형부, 아까부터 뭐해요. 내가 왔는데 계속 멍 때리기만 하고! 우리 나가자."

꺼진 텔레비전에 가 있던 정민의 공허한 시선이 수민에게로 향했다.

"어디 가? 왜?"

"나 맨날 집에서 밥 먹으니까 답답하고 힘들어서 안 되겠어. 외식하자."

정민과 연오는 소파에 나란히 앉아 수민을 멀뚱멀뚱 올려다봤다. 일단 두 남자를 데리고 나와서 차에 태우긴 했는데 착잡했다. 어디로 가야 하지. 수민은 두 사람의 무력감을 깨주고 싶다. 하지만 아무도 대답하지 않아서 슬슬 화가 치밀기 시작했다.

"진짜 먹고 싶은 거 말할 사람 없는 거지? 나 지금 세 번째 물어보고 있는데? 아무도 말 안 하고 이렇게 버티고 있을 거지?"

끝내 정민이 한마디를 겨우 꺼냈다.

"처제가 먹고 싶은 거 먹자."


○


집과 차로 이십 분 거리인 삼겹살집까지 끌려 나온
정민은 오히려 다행이라고 생각했다. 연오를 데리
고 집으로 왔을 때 어떤 말도 꺼낼 수 없었다. 자신
은 연오에게 엄마 사진을 고장 내는 아빠였으므로.
왜 친구와 싸웠는지, 다음부터 안 그러려면 어떻게
해야 하는지, 어떤 말도 해줄 수 없었다. 나에게 아
빠 자격이 있을까. 정민은 연오에게 미안했다. 민석
엄마가 자기 아들을 위해 열변을 토로하는 동안 정
민은 연오를 변호해 줄 수도 없었다. 책가방에서 나
온 수연의 사진들은 정민에게도 충격이었다.

　수민이 열어준 이 기회와 상황을 정민은 간절
히 활용하고 싶었다. 수민이 큰 목소리로 말했다.

　"사장님. 삼겹살 삼 인분에 맥주랑 콜라 하나
씩이요! 형부, 오늘은 연오도 콜라 좀 마실게요. 그

래도 되죠?"

"어어, 그래. 고기는 내가 맛있게 구워줄게."

수민은 안심이 됐다. 이제 연오만 해결하면 된다.

"연오는 콜라 먹기 싫어? 환타야?"

연오는 잠시 고민하더니 고개를 끄덕였다. 연오가 환타를 선택한 덕분에 세 사람의 마음은 조금 가벼워졌다. 수민과 연오가 학교 일에 관해서 이야기하는 동안 정민은 고기를 뒤집었다. 정민은 연오를 대하는 수민의 대화 방식을 보고 새삼 놀랐다. 은연중에 항상 어린 학생 이미지로 남아있던 수민이 오늘에서야 선생님으로 보였다.

"연오야. 누구든 화가 날 수 있어. 이모가 들어보니까 충분히 화가 날 수 있는 상황이야. 그런데 여기서 중요한 건 화가 난 게 아니라 화를 표현하는 방식이야."

정민이 볼 때, 지금 연오의 눈은 혼나거나 잔소리를 견디는 학생으로 보이지 않았다. 수민의 말을 경청하고 있었다. 수민은 올바르게 감정을 표현하는 방법에 대해 잠시 설명했다. 그리고 연오도 그걸 받아들였다.

"다음에는 꼭 그렇게 할게."

이야기가 마무리 돼가니 수민의 얼굴에도 긴장이 풀리는 게 보인다.

"형부도 하고 싶은 말 있어요?"

할 수 있는 말이 떠오르지 않는다. 더 정확히는 마음속에 있는 수만 가지 말 중에 어떤 것을 골라야 할지 알 수 없었다. 민석 엄마 앞에서 꿀 먹은 벙어리처럼 가만히 있던 본인의 모습이 떠올랐다.

"연오야. 엄마 사진 지켜줘서 고마워. 그래도 다치지 마. 연오 다치면 아빠도 너무 속상해."

수민은 두 사람의 대화에 끼지 않고 고기를 뒤집는다. 세 사람이 앉은 테이블은 처음 식당에 들어왔을 때와는 분위기가 사뭇 달랐다.

"들었지, 연오야? 싸우면 안 된다. 이모도 속상해. 싸웠다는 이야기 듣고 깜짝 놀라서 정말."

"처제, 더 말하면 잔소리겠다. 연오 배불러? 더 먹고 싶은 거 있어? 냉면 먹을까?"

"형부가 먹고 싶은 거 아니에요? 연오가 냉면도 먹어요?"

우물쭈물하던 연오가 말을 꺼냈다.

"오늘의 과자. 먹고 싶어."

수민은 그게 뭐냐며 곧장 휴대폰의 인터넷을 열어 검색해 봤다. 정민은 연오가 말하는 게 자신이 기억하는 '오늘의 과자'가 맞나 싶었다.

"마시멜로 구워서 초콜릿이랑 과자랑 같이 먹는 그거?"

엄마랑 먹었던 과자를 찾는 연오가 고개를 끄덕이자, 수민은 눈이 동그래졌다.

"스모어 쿠키 아니야? 우리 연오 그런 것도 알아? 또 언제 먹어봤어 그걸."

"엄마만 만들 수 있어."

당황한 수민에게 정민이 여행 갔을 때 수연이 쿠키를 만들어줬던 이야기를 꺼냈다. 이야기를 듣고 수민은 연오의 등을 토닥였다.

"연오야, 너 맛있는 거 먹으니까 엄마 보고 싶구나?"

정민은 새삼 여태까지 연오가 수연의 이야기를 잘 하지 않았던 걸 깨달았다. 자신도 수연의 말을 하지 않았다. 항상 가슴속에서 넘칠 듯 넘실거리던 감정이 수연의 이야기를 꺼내면 왈칵 넘쳐버릴 것 같았다. 연오도 그랬을까.

"이모도 엄마 보고 싶어. 우리 언니, 삼겹살 참 좋아했는데. 그쵸, 형부?"

정민은 하루도 수연을 잊은 적이 없었다.

"삼겹살뿐이게? 학생 때 데이트하면 햄버거를 꼭 세 개씩 사 왔는데, 항상 자기가 두 개를 먹더라니까."

햄버거 한 개도 다 먹을 수 없는 연오가 놀랐다.

"연오는 햄버거 두 개 못 먹어? 이모는 세 개도 먹어봤는데?"

세 사람은 한참 동안 수연의 이야기를 했다. 수연이 떠난 후, 세 사람이 수연에 관해 이야기를 나누는 건 거의 처음이었다. 쉴 새 없이 돌아가면서 지난 이야기들을 꺼냈다. 얼마나 이야기를 오래 했는지 다른 테이블들은 다 나가고 딱 한 팀만이 남았다. 시끌벅적했던 식당 안은 조용해지고 세 사람도 어느 정도 하고 싶었던 말들을 모두 털어낸 것 같았다.

"나 상의할 게 있는데."

정민이 한참을 뜸 들이자, 수민은 가슴을 두드린다.

"아, 답답해. 별 거 아닐 것 같은데 지금 너무 진지해 보여요."

연오도 아빠가 무슨 말을 할지 궁금해하는 눈치다.

"음…. 그러니까 아직 결정된 건 없어. 그냥 상의하려는 거야."

정민의 말에 수민과 연오는 아무 말도 하지 않고 귀를 기울였다.

"선배 중 한 명이 우리 스튜디오에 관심이 있다고 연락이 왔어. 계속할 생각이 없으면 자기가 해보고 싶대. 요즘 사진관에 손님 없는 게 소문이 났는지, 어디 이야기를 듣고 연락했나 봐."

"그래서요?"

"그래서라니. 아직 결정된 건 없고 나는 진짜 상의를 하려고…."

"그게 무슨 말이야. 단칼에 거절했어야지."

연오도 수민의 감정이 격해진 걸 알아챈 눈치다.

"전에 우리 잘되던 곳인 걸 알아서 권리금도 넉넉하게 주겠다고 그랬어. 지난번에 봤잖아. 하루 종일 손님 없는 거."

이 상태로는 다달이 나가는 세를 낼 수 있을지도 모르겠다고 설명했지만, 수민의 감정은 가라앉지 않았다. 대리기사가 와서 집에 갈 때까지 수민은 절대 포기하면 안 된다고 말하며 갔다.

정민도 수민의 마음을 충분히 이해했다. 사실 정민 본인도 서산동사진관을 다른 사람에게 줄 수 있을지 모르겠다. 다른 사람에게 사진관을 넘긴다면 더 이상 우리 추억 속의 그곳이 아니게 되겠지. 온 식구가 출동해서 지키려고 노력했던 사진관이 사라지는 거다.

하지만 정민은 연오를 지킬 수 있는 건 본인뿐이라고 생각했다. 시간이 더 흐르면 수민의 도움을 받기 어려워질 것이다. 수연의 역할까지 정민 혼자 해내려면 마음을 강하게 먹어야 한다. 어떻게 해서든 연오가 민석이 엄마 같은 사람에게 큰 소리를 듣지 않도록 하겠다. 이게 오늘 학교에서부터 삼겹살집에 오기까지 정민이 고민 끝에 내린 결론이었다.

그나마 남아있던 다른 테이블 손님이 나가고 대리기사의 전화에 수민도 나갔다. 연오는 졸리지도 않는지 눈이 말똥말똥했다.

"아빠, 이제 사진관 그만해?"

"그럴 것 같은데. 맨날 일하니까 연오랑 바닷가도 못가잖아."

"난 바다 말고 좋아하는 거 많아."

"그래? 그러면 아빠랑 놀러 가서 재밌는 거 많이 하자. 연오가 이모 만나면 같이 가자고 물어봐."

"바다 안 가도 되니까, 사진관 지키자. 아빠는 사진관 좋아하잖아. 내가 도와줄게."

연오의 눈에서 수연이 보이는 것 같았다. 정민은 사진을 지켜주겠다던 수연이 떠올라서 울컥했다. 사진 찍는 걸 포기할 뻔한 자신이 한심했다. 연오를 위해 포기해야 한다고 생각했지만, 지금 연오의 눈빛을 보고 나니 그러면 안 될 것 같았다. 사진을 포기하는 게 연오를 지키는 거라고 생각했지만, 어쩌면 반대일지도 모르겠다. 사진을 지키는 게 연오, 그리고 수연과의 추억을 지키는 일인 것이다. 이제는 알 것 같다.

○

　집에 돌아온 정민은 연오를 재우고 사진함을 열었다. 서산동사진관에서 처음 사진을 찍은 사람은 수연이었다. 인터뷰 후에 사진을 찍는, '오늘의 사진'의 첫 모델은 수연이었다. 사진관 한쪽 벽면에는 손님들 사진이 붙어있는 곳이 있는데 이때 찍은 수연의 사진은 두 장을 인화해서 가게에 한 장을 붙여두고 집으로도 한 장을 가져왔다. 정민은 마지막 꿈을 꾸기 위해 사진을 머리맡에 두고 침대에 누웠다.


**#오늘의 사진 #해피엔딩**


수연이 베이지색 원피스를 입고 스튜디오 중앙에 앉아있다. 정민은 카메라 뒤에 서서 조명 아래에 앉은 수연을 바라봤다.

　계속 쳐다보는 정민의 시선이 부담스러운지 수연이 물었다.

　"미모 감상만 할 거야? 사진은 언제 찍어?"

사진을 찍고 나면 꿈이 끝날 것 같아서 정민은 뜸을 들였다. 최대한 수연의 모습을 눈에 담으려고 노력하며 천천히, 그리고 자세히 수연을 바라봤다. 따스한 빛깔의 조명을 받고 있는 수연의 얼굴은 주변까지 따뜻하게 물들이는 것 같았다.

원래는 '오늘 하루 어땠어?'라고 물어야 했지만, 정민은 다른 질문을 하기로 결심했다.

"인터뷰 시작할게요."

수연은 미소를 지으며 정민의 질문을 기다렸다.

"나랑 어릴 때부터 오랫동안 함께 있었잖아. 만약에 오늘이 마지막 날이라면 어떨 것 같아?"

수연의 볼에 보조개가 패이는 게 보였다. 잠시 생각하던 수연이 말을 꺼냈다.

"마지막이라서 아쉽지만, 괜찮아. 오늘 우리 행복했으니까, 해피엔딩이야."

정민은 흘러내리는 눈물을 얼른 닦았다. 카메라 뒤로 얼굴을 숨기고 렌즈 너머에 담긴 수연을 보며 말했다.

"나도 당신이랑 함께했던 시간 속엔 행복밖에 없었어."

수연은 밝게 웃었다.

"맞아. 우린 언제든 해피엔딩일 거야."

정민이 셔터를 누르자, 플래시가 터졌다. 정민은 눈을 떴다. 꿈에서 깨자마자 정민은 머리맡에 놓아두었던 사진을 들여다봤다. 어김없이 수연은 사라지고 없었다. 그 자리엔 텅 빈 의자와 서산동사진관 스튜디오만 남아있었다.

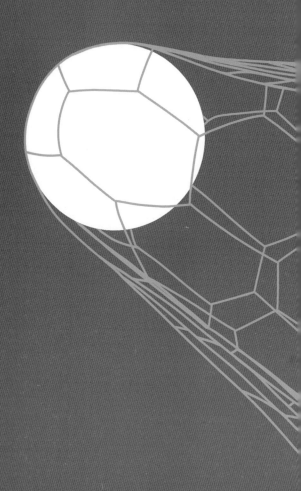

내가 바라왔던 색

잘 지켜오던 마음이 무너지는 날이 있다. 반복되는 일상에서 다른 이에게 들키지 않으려고 꽁꽁 싸매둔 마음에, 방심한 틈을 타 누군가가 구멍을 내버린 것이다. 분명 책가방 지퍼를 잠근 줄 알았는데 안에 든 물건들이 와르르 쏟아져 나오는 것처럼. 출근하기 전에 분명히 창문을 닫고 온 줄 알았는데 돌아와 보니 베란다가 빗물에 흥건히 젖어있는 것처럼. 수현이 그 남자와 처음 대화를 했던 날도 그랬다. 감정이 흐르지 않도록 지퍼를 닫고, 창문을 잠갔는데도 어느샌가 그녀의 마음은 후줄근히 젖어 있었다.

○

수현은 고등학생 때부터 서산동에서 살았다. 사람이 많지 않은 도시 목포, 그 안에서도 번화가 정반대 편 바닷가 앞에 있는 서산동은 목포항과 가까워 강점기 시절에 일본인들이 많이 거주하던 동네다. 아직도 거리 곳곳에는 일본식 적산가옥이 많이 남아 있었다. 아파트나 빌딩은 없다. 언덕에만 올라가도 한눈에 들어오는 낮고 작은 동네, 주택을 개조한 몇 개 카페만 있을 뿐 그 흔한 맥줏집도 하나 없다. 소도시 안에서도 외진 곳에 있는 이 동네는 사람이 별로 없어 한적한 편이다. 주말 동안 낮에 몇몇 관광객이 돌아다니는 것이 보이다가도 저녁이 되면 다들 술집이 있는 번화가로 가버려 동네는 고요하기만 하다.

수현은 서산동에서 단 하나뿐인 편의점에서 3년째 일하고 있었다. 고등학교를 졸업하고 구인 신문을 몇 달 동안 살펴보던 수현은 편의점 야간 알바로 처음 일하게 됐다. 저녁 8시부터 아침 8시까지 야간 타임으로 일하는 그곳이 수현의 첫 직장이다.

알바로 일한 지 1년째가 됐을 때, 사장님은 수현에게 학교에 다니지 않고 딱히 계획이 있는 게 아니면 매니저로 일하는 게 어떠겠냐는 제의를 해왔다. 그러면 급여를 시급제에서 월급제로 바꿔주겠다는 말도 덧붙였다. 딱히 거절할 이유가 없었던 수현은 그러겠다고 했다. 이제부턴 수현이 재고를 직접 확인하고 발주를 넣을 수 있었다. 그리고 대체할 야간 알바가 출근을 시작하자마자 근무 시간도 주간으로 조정되었다.

매니저가 된 후로 수현은 매일 아침 8시에 출근해서 저녁 8시에 퇴근을 했다. 오늘도 수현의 다음 타자인 야간 알바는 저녁 8시가 되기 10분 정도 전에 편의점 문이 열리는 종소리와 함께 등장했다. 계산대까지 와서 고개를 끄덕이며 인사하고 나서야 수현은 그가 손님이 아닌 직원인 걸 깨달았다.

수현은 야간 알바가 카운터 안쪽으로 들어올 수 있도록 자리를 비켜줬다. 카운터를 빠져나와 과자 진열대를 훑어본 후 김밥, 도시락이 있는 냉장매대 쪽으로 가서 안쪽에 들어가 있는 상품들을 앞쪽으로 당겼다. 수현 대신 카운터 앞으로 간 야간 알바는 포스기 돈통을 열어 몇 분 동안 지폐부터 동전까지 시재 점검을 했다. 탁, 하고 돈통을 닫는 소리가 들렸다.

"다 맞아요."

그제서야 수현은 카운터 안쪽에 둔 비닐봉지를 챙겼다. 시계를 보니 8시였다. 야간 알바생에게 고개를 꾸벅 숙이고 편의점을 나섰다.

편의점에서 나와 왼쪽 길로 돌아서면 일직선으로 길게 이어진 길이 보인다. 주황색 가로등 불빛이 끝나는 지점부터는 위로 달동네가 보이는데 그곳 어딘가에 수현의 집도 있었다. 길쭉한 길은 조용하고 사람이 없어서 그런지 더 길쭉하게 보인다.

길게 이어진 가로등 불빛 길 아래에는 수현이 들고 있는 비닐봉지 소리와 발걸음 소리만 들린다. 오늘은 고양이들은 쓰레기장이 아닌 고등어구이 냄새가 나는 집 담벼락 아래에 모여서 어슬렁거리고 있다.

가로등 불빛 끝, 집으로 올라가는 골목 입구에 도착해서 수현은 가파르고 비좁은 골목길로 시작되는 달동네를 올려다보았다. 작고 네모난 집들이

테트리스 블록처럼 빽빽하게 쌓여있다. 집들이 너무 빼곡이 박혀있어서 사람 지나다닐 길이 있을까 싶지만, 집과 집 사이사이마다 간신히 사람 한 명만 지나다닐 수 있는 길이 이어져 있다.

○

　　페인트가 벗겨진 파란 철제문을 열고 집에 들어와 신발을 벗자마자 피로가 몰려왔다. 수현은 편의점에서부터 들고 온 비닐봉지를 작은 상에 올려두고 욕실로 들어갔다. 씻고 나오자 알람이 울리듯 배 속에서 꼬르륵 비명 소리가 들렸다. 수현은 편의점에서 가져온 김밥을 까서 입에 한 조각 넣었다.

　　수현은 원룸에서 살고 있다. 아니 단칸방이라는 말이 더 어울리는 것 같다. 방 하나에 부엌이 붙어있고 화장실이 있는 게 끝이다. 넓지 않아서 불을 켜지 않아도 집 앞 골목에 있는 가로등 빛이 집안을 다 밝혀준다. 주황빛 가로등은 거의 집안에 둔 조명 같다. 그 불빛으로 웬만한 건 볼 수 있다. 반대로 생

각하면 잠을 자야 할 시간에는 너무 밝다. 하지만
그 어떤 눈부신 조명도 엄습해 오는 피로를 막을 수
는 없었다. 김밥을 먹자마자 수현은 곧 깊은 잠에
빠졌다.

○

오랜만에 낯익은 얼굴이 편의점으로 들어왔
다. 매니저가 되기 전 야간 알바 할 때 매일 보던 손
님이다. 꼭 아홉 시가 넘어서 맥주를 사러 왔었는데
수현이 편의점 매니저가 되고 저녁 8시에 퇴근하게
되면서 자주 볼 수 없었던 손님이다. 매번 칙칙한
정장 차림으로 다니는 이 남자는 항상 얼굴에 피로
가 떠다니는 것 같다. 반쯤 뜬 눈에 느슨해진 넥타
이, 거뭇거뭇하게 올라온 수염. 혼자 사는 티가 너
무 많이 났다. 다리미질을 했지만 어딘가 깔끔하지
않은 셔츠와 양쪽 색이 조금씩 다른 양말을 신는 걸
보면 알 수 있다.

날이 어두워지면 동네에 돌아다니는 사람이

거의 없어지다 보니 밤손님이 드물었다. 매일 비슷한 시간에 와서 꼭 캔맥주를 사 가던 남자는 유일한 야간 단골손님이었다. 안줏거리는 그때그때 다르지만, 씹을 거리와 캔맥주를 사서 편의점 앞 테이블에 앉아 맥주를 다 비우고 간다. 자신이 먹은 걸 깔끔하게 정리하고 가던 매너 좋은 손님. 수현이 야간 담당일 때 맥주 마시는 남자 손님이 오지 않으면 오늘은 몇 시에 오려고 이렇게 늦을까 기다리던 적도 있다. 역시 칙칙한 차림새는 변함이 없었다. '웬일로 오늘은 일찍 왔네.'

아는 사람을 보니 반가운 마음이 들었다. 오늘 그는 안주 없이 일제 기린 맥주만 네 캔 사서 편의점을 나갔다. 그리고 테이블을 지나쳐 곧장 돌아가 버렸다.

○

퇴근 후에 올라오는 비좁고 가파른 골목길을 지나 수현은 쳇바퀴를 도는 다람쥐처럼 다시 집에 돌아왔다. 오늘은 씻고 나온 후에도 몸 열기가 뜨끈하게 남아있었다. 단칸방 집 거실에 드러누워 있으면 좁은 집안 곳곳이 한눈에 들어온다. 어김없이 가로등 불빛이 집안을 비추고 있다. 방음이 안 되는 동네지만 조용하다. 모두가 고단한 시간이다.

수현은 드러누워 차가운 방바닥에 몸의 열기를 식히다가 창문 밖 조명으로 눈길을 옮겼다. 가로등 옆에 노란 달이 뜬 게 보였다. 보름달인가 보다. 평소보다 훨씬 더 노랗다. 노오란 보름달. 호박고구마 색처럼 짙은, 그리고 보니 아까 남자가 사 갔던 맥주도 노란색. 기린 맥주 한 캔 마시면 시원하겠네. 당장 비가 오는 건 아니지만 장마철이라 그런지 방바닥이 꿉꿉한 것 같아 더 맥주 생각이 난다.

달을 보던 수현은 탄산 가득한 시원한 맥주 목넘김을 상상하다가 결국 일어나서 나갈 채비를 하고 집을 나섰다. 줄무늬 반팔 티에 오래된 회색 츄리닝 반바지를 입고, 슬리퍼를 신고 맥주를 사러 갔다. 집 앞부터 시작되는 가파른 골목길은 빗물인지 물기가 있어서 쉽게 미끄러질 것 같다. 수현은 미끄러지는 걸 방지하기 위해 지그재그 모양으로 발을 내

디디며 천천히 길을 내려갔다. 경사 때문에 슬리퍼에 발이 꼭 끼여서 앞으로 빠져나올 것 같았다.

편의점에 거의 다 도착할 때쯤 비가 한두 방울 떨어졌다. 편의점에 주인 없는 우산이 많아서 다행이다. 편의점 문을 열고 들어오는 수현을 향해 어서 오라고 말하던 야간 알바는 잠깐 멈칫하더니 눈인사를 건넸다. 일제 기린 맥주 네 캔을 사서 나왔다. 수현은 두 캔이면 충분하지만 두 캔 사면 9000원이고 네 캔 사면 12000원이기 때문에 언제나 네 캔을 사야 했다.

오늘은 꿉꿉한 집에서 맥주를 마시고 싶지 않았다. 수현은 일주일에 한 번, 많으면 두 번 정도 동네에 나와서 캔맥주를 마신다. 주민센터 앞에 있는 이 정자는 수현이 맥주 타임을 하러 오는 단골 장소다. 동네에 그 흔한 맥줏집이 없다니. 그래서 수현은 단골 맥줏집을 만들지 않고 단골 맥주 장소를 만들었다. 주민센터 앞 정자. 가로등도 있고 화장실도 있다.

수현은 정자 밑에 슬리퍼를 가지런히 정리하고 올라가 앉아서 노란 캔맥주를 땄다. 적막한 길

통로에 캔 소리가 더 크게 들려서, 누군가 들었을 수도 있을 것 같다. 수현은 맥주를 들이켜며 눈을 질끈 감았다.

눈을 뜨자 앞에 누군가 검은 그림자가 서 있었다. 수현은 인기척도 없이 나타난 남자를 보고 깜짝 놀라 소리를 지를 뻔했다. 비닐봉지를 든 남자는 수현과 비슷한 차림새다. 회색 반바지에 흰색 반팔티. 편의점에 매일 맥주를 사러 오는 남자였다. 헤진 셔츠를 입지 않아서 단번에 알아보지 못했다. 남자가 가지고 온 봉지를 정자에 내려놨다.

"놀랐어요? 여기까지 몰래 온 건 아닌데 몰래 온 것처럼 돼버렸네. 소리가 안 들렸었나? 그나저나 그걸 왜 그렇게 들여다봐요?"

수현은 편의점 밖에서 만난 이 남자의 자연스러운 대화 전개가 어색하고 당황스럽다.

"무슨 색인지… 보려고요."

남자와의 대화가 어색한 것이 아니라 제 목소리가 어색한 사람처럼 말끝을 흐려졌다.

"그래요? 담배는 거의 다 흰색 아닌가? 내가 아는 건 다 흰색인데, 편의점에서 일해서 그런지 잘

아나 보네."

남자는 수현이 앉아 있는 정자의 모서리 한쪽에 자리를 잡았다. 봉지에서 주섬주섬 무언가를 꺼낸 남자로부터 캔 따는 소리가 들렸다. 남자는 꽁초에 대해서 더 이상 묻지도 다른 말을 하지도 않았다. 수현도 그랬다. 한동안 두 사람은 각자 다른 곳을 보며, 각자의 맥주 타임을 가졌다. 맥주를 한 모금씩 목뒤로 넘기는 소리만 났다.

수현은 누군가 옆에 앉아 있는 게 처음에는 신경 쓰였지만, 아무 말도 하지 않다 보니 왠지 혼자 있는 것 같아 다시 마음이 괜찮아졌다. 옆에 맥주캔이 앉아 있는 것보다는 어찌 됐든 사람이 앉아 있는 게 더 나으니까. 남자는 이따금 한 번씩 정자 옆 공원 화장실 쪽으로 걸어가서 담배를 피우고 왔다. 수현은 아마도 자신 때문에 이곳에서 담배를 피우지 않는 것 같다고 생각했다.

수현에게 담배 냄새는 익숙했다. 아버지 때문이다. 엄마는 애연가였던 아빠를 몹시도 미워했다. 담배를 피우는 모습이 미웠던 걸까. 아니면 수현이 모르는 다른 이유가 있었을까. 이제는 궁금해도 더 이상 알 수 없게 됐다.

화장실 옆에 가 있던 남자가 담뱃불을 밟아 끄고 돌아왔다.

"맥주 남았어요? 너무 늦었는데 집에 가요. 내일도 출근해야지."

한동안 말이 없던 그가 말을 걸자, 수현은 당황해서 자신도 모르게 고개를 끄덕였다.

○

다음 날 아침, 편의점 안에 걸려있는 시계가 8시 정각을 가리켰을 때, 수현은 헐레벌떡 문을 열고 들어왔다. 원래 편의점 직원들은 교대하기 10분 정도 전에는 도착해서 돈통 시재를 확인하고 인수인계해야 한다. 8시에 교대를 해야 하니 수현은 적어도 7시 50분까지는 도착해 있어야 했다.

간밤에 별다른 일은 없었다며 인수인계를 마친 야간 알바생은 수현의 눈치를 봤다. 묻지 않았을 뿐 어쩐 일로 늦었는지 궁금해하는 것 같다. 수현은 이제까지 단 한 번도 늦은 적이 없었다. 오히려 7시 반이나 그 전부터 편의점에 와서 매대 정리나 분리 수거를 하고 7시 50분에 교대를 했으니까. 수현이 출근한 아침 8시부터 저녁 7시까지 하루 종일 하늘 이 흐리고 비가 왔다. 아침에는 비가 한두 방울씩 오다가 내내 흐리더니 점심쯤부터는 쉬지 않고 내렸다. 수현은 작년 장마철, 동네 정자에서 매일 모여 노는 할머니 중 한 분이 편의점에서 낙상했던 일 이 생각났다. 창고에서 마른 밀걸레를 몇 개 들고 와서 카운터 안쪽 자신의 옆자리에 뒀다. 손님들이 오가다 흘린 빗물들을 닦기 위해서였다.

　비가 와서 그런지 저녁 시간이 됐는데도 손님 이 거의 오지 않았다. 오늘은 영 장사가 안된다. 장 사가 안되면 사장님 눈치가 보이긴 하지만 장점도 하나 있다. 곧 8시가 되면 판매 시간이 지난 식품들 을 폐기로 찍는 시간이니, 오늘은 원하는 도시락을 편히 골라서 먹을 수 있다. 수현은 팔리지 않아서 곧 폐기 상품이 될 왕돈가스 도시락을 비닐봉지에 담아 놨다. 8시가 되기 오 분 전 야간 알바가 등장 했다. 야간 알바에게 손님들이 미끄러질지도 모르니 바닥의 물기를 자주 닦아놓으라고 일러두고 편의점을 나섰다.

○

밤 열시, 야간 알바는 퇴근한 지 2시간 만에 편의점 문을 열고 들어온 수현을 보고 눈이 동그래졌다. 그도 그럴 것이 직원이 퇴근 후 편의점에 다시 오는 일은 거의 없었다. 저녁에 마실 맥주나 다른 필요한 게 있으면 미리 계산을 해놓고 카운터 옆 소지품 있는 곳에 물건들을 올려놓는다. 물건도 두고 갈 만한 것들이 전혀 없다.

어제도 그랬고 오늘도 다시 편의점에 오다니, 야간 알바는 평소와는 조금 다른 수현을 보며 무슨 일이 있는 걸까 궁금했다. 이틀 연속 퇴근 후에 다시 편의점에 오지를 않나, 오늘 아침에는 지각하지를 않나, 무슨 일이 있는 게 확실하다고 생각하는 찰나에 수현이 컵라면과 맥주를 카운터에 올려놨다.

"아까 챙겨간 도시락 양이 너무 적었어요. 왕

돈가스 도시락인데 네 조각밖에 없던데요."

야간 알바는 이제야 상황이 이해됐다는 듯 고개를 끄덕였다. 수프만 털어놓은 컵라면, 맥주캔의 바코드를 찍고 수현에게서 카드를 받아 계산했다. 아직 물을 붓지 않은 라면은 그대로 두고 맥주만 비닐봉지에 담았다. 그리고 잠시만요 하더니 카운터 안쪽 자기만 보이게 놔둔 작은 봉지 김치 하나를 비닐봉지에 담았다. "아까 제가 사 먹고 남았어요. 원 플러스 원이길래."

이번엔 수현의 두 눈이 동그래졌다. 수현은 밖에 비가 어느 정도 잦아들자 뜨거운 물을 받은 라면과 비닐봉지를 들고 주민센터 앞 정자가 있는 곳으로 향했다. 다행히 비는 더 이상 오지 않았다. 하지만 남자도 없었다. 아무도 없는 정자에 앉아 비닐봉지 안에 있는 맥주들을 옆에 가지런히 뒀다. 오늘은 맥주캔뿐 아니라 봉지 김치와 뜨끈하게 김이 올라오는 사발면까지 수현의 옆자리를 지켜줬다.

라면을 한 젓가락 먹고 맥주캔을 따려고 하는데 어제 일이 떠올랐다. 적막한 골목에 캔 따는 소리가 크게 울리던 것이. 잠시 그치나 했던 비가 오다 말기를 반복하다가 빗소리가 골목을 덮었다. 맥주캔 따는 소리는 빗소리 안에 갇혀 안전하게 수현의 귀에만 들렸다.

생각에 잠긴 사이 라면은 천천히 식어갔지만, 한 번씩 목뒤로 넘기는 맥주는 아직 시원해서 마시고 나면 탄산을 이겨낸 신음이 나왔다. 저 멀리서 누군가가 빠른 걸음으로 뒤뚱뒤뚱 다가오는 모습이 보였다. 자주 맥주를 사 가는 남자다. 한 손에는 사발면을, 다른 손에는 비닐봉지를 들고 와서 재빨리 정자 밑으로 들어왔다.

"편의점에서 나올 때는 그쳤었는데 그새 오네."

수현은 대답해야 하나 고민했다. 남자는 딱히 대답을 바란 것 같진 않다. 옷과 머리를 몇 번 털더니 나무젓가락을 나눠서 손바닥으로 비볐다. 남자가 맥주캔을 들고 따려는 순간 수현의 시선도 남자의 맥주캔을 향했다. 능숙하게 캔을 따는 소리는 빗속에 갇혀서 수현과 남자에게만 들렸다. 두 사람은 어제처럼 사각 정자 밑의 다른 모서리에 자리를 잡고 앉았다. 어제와 다른 게 있다면, 비가 계속 오고 있다는 사실이었다.

남자는 오늘도 회색 반바지를 입고 왔고, 국물을 마시다가 바지에 흘렸는지 주변에서 닦을만한 것을 찾아 두리번거리다가 수현 쪽을 쳐다봤다. 수현 옆에는 국물만 남은 사발면과 반쯤 남은 봉지 김치가 있었다.

"김치가 있었네?"

수현은 김치를 남자 쪽으로 밀어줬다. 김치를 당겨 받은 남자는 바지에 묻은 국물을 닦는 건 포기하고, 라면에 김치를 부었다. 뜨거운 라면을 호호 불며 얼마 안 돼서 국물까지 들이켜는데, 수현은 그걸 자신도 모르게 멍하니 바라봤다. 이래서 먹방을 보는 걸까, 참 맛있게도 먹는다, 생각하면서.

"이 동네에 오래 살았죠? 예전부터 그 편의점에서 본 것 같아서."

수현은 이 사람도 나를 알고 있었구나 하고 고개를 끄덕였다.

"이 동네 사람이라 좋겠네. 나는 울산에서 왔어요. 몇 년째 여기 있는데도 영 적응이 안 되네."

수현은 다 마신 캔 대신에 새 걸 꺼내서 땄다.

"동네가 참 낯설고 어려워. 어르신들이 대부분

이고 술집도 없고…. 대신 술친구는 생겼네."

수현은 되물었다.

"동네가… 어렵다는 건 무슨 말이에요?"

"아 그건… 음… 외롭고 쓸쓸하다는 거예요. 외롭다고 내 입으로 말하긴 뭐해서."

남자의 말을 곰곰이 생각해 봤다. 이 사람은 어째서 외로운 걸까. 평범하게 나이를 먹고 직장을 가져서 세상 속에 잘 적응해서 살아가는 것 같은데. 결혼을 못 한 걸까. 하지만 손가락에 반지가 보였다.

"이혼하고 혼자 여기 오게 됐어요. 원래는 아내랑 딸이랑 같이 목포 와서 살자고 했는데. 딸은 엄마랑 있는 게 나을 것 같아서 보내고… 어쩌다 보니까 혼자 남게 됐네."

수현은 남자의 말을 듣다가 엄마가 생각났다.

"내가 별 말을 다 하네. 외롭다고 말하면 더 외로울까 어디서도 이런 말 안하는데… 어쩌겠어요. 그러고 보면 나이 먹으면 더 외로운데 다들 그것을 비밀로 하는 것 같아요. 모두가 아는 모두의 비밀인 거지."

수현은 어릴 적 엄마가 했던 말을 떠올렸다.

'이 비밀 다른 데 가서는 말하지 마.'

말을 마친 남자는 맥주캔을 들고 자신의 이야기를 듣고 있던 수현을 바라봤다. 수현은 캔을 들고 자신을 바라보는 남자를 보자마자 얼른 맥주를 마셨다. 두 사람은 한동안 빗소리 속에서 생각에 잠겼다. 그러다가 먼저 말을 꺼낸 건 수현이었다.

○

"저는 어렸을 때부터 색이 보였어요. 좋은 건 흰색, 나쁜 건 검은색."

수현이 처음 그 색을 보기 시작한 건 초등학교 1학년 때였다. 정확히 어느 날부터인지는 모르겠지만 그쯤부터라고 생각하고 있다. 엄마는 아빠가 담배 피우는 걸 싫어했다. 아빠가 집 앞 골목에서 담배를 피우고 집에 들어오면, 아빠 몸에 묻은 담배 냄새가 집안 어딘가에 배였다. 그 냄새를 맡으면 머리가 어지러울 정도로 역했다. 그때마다 엄마의 표정은 참을 수 없다는 듯 일그러졌다. 어느 날은 아빠가 담배를 피우는 동안 옆에서 기다린 적이 있다. 담배를 입에 댔다가 무언가를 가득 빨아들이고 다시 내뿜는 연기가 신기하다고 생각했다. 흰색 연기가 공중으로 퍼지고 흩어지는 동시에 검정 아지랑이 같은 게 함께 나왔다. 아지랑이 같기도 하고 또 다른 연기가 나오는 것처럼도 보였다. 검정 연기. 그런데 그 색이 나에게만 보인다는 건 엄마가 알려줬을 때야 깨닫게 됐다.

'이 비밀 아무한테도 말하지 마.'

초등학교 2학년 때 수현의 가장 친했던 친구 민지가 왕따를 당했다. 하지만 수현은 민지가 왕따여도 상관없었다. 학교가 끝나고 저녁 먹기 전까진 운동장이나 집 근처 놀이터에서 함께 시간을 보냈다. 수현이 집 밖에 나가서 놀기 싫다며 민지를 혼자 둔 날은 동네 아이들이 꼭 그렇게 민지만 술래를 시켜두고 집에 가버렸다. 그럴 때마다 수현은 민지에게 동네 애들을 조심하라고 일러줬다. 하지만 민지는 수현의 말을 듣지 않았다. 그 아이는 새로운 동네 친구를 사귈 때마다 착한 친구라고 철석같이 믿는 것 같았다. 그렇게 믿었다가 배신당하기를 몇 번 반복하면서, 민지는 수현의 예측이 빗나가지 않는 걸 신기해했다.

　수현은 동네 아이들의 못된 심보를 알아차리는 게 참 쉬웠다. 녀석들이 말할 때 입을 자세히 보면 말할 때마다 입가에 검정이 보였다. 나쁜 건 검정이니 색으로 판별하면 녀석들이 나쁜 심보를 가지고 거짓말을 하는 걸 단박에 눈치챌 수 있었다. 겨울도 아닌데 말할 때마다 입에서 검은색 김이 새어 나왔다.

　그러던 어느 날 민지와 수현도 멀어지게 됐다. 함께 집으로 걸어가는 길에 민지와 이야기를 할 때면 웃을 때마다 입가에서 흰색 입김이 보였는데, 어느 날부터인가 더 이상 흰색이 보이지 않았다. 민지는 집이 아닌 다른 곳에 간다며 나를 피했다. 알고 보니 동네 아이들의 놀림감 대상 1순위가 민지에서 수현으로 바뀌었던 것이다. 민지는 놀림감 1순위가 된 수현과 어울리는 게 불편해서 거짓말을 하고 멀어지는 걸 선택했던 거였다.

○

　"좋은 것 주위로는 흰색 수증기가, 나쁜 것에
선 매연 같은 검은색이 보인다고요?"

　수현은 그렇다며 고개를 끄덕였다.

　"색맹인 건 아니죠?"

　"네. 다른 색도 잘 보여요. 그냥 문득 색이 보여
요. 편의점 손님들도 흰색을 풍기는 사람들은 괜찮
은데, 검정이 풍기는 사람들은 여지없이 까칠하고
시비를 걸죠."

　남자는 사실 수현의 말이 바로 이해되진 않았
지만, 일단 들어봐야겠다고 생각했다. 말하는 중간
에 뜸을 들이거나 목소리가 떨리는 게 느껴졌다. 수
현은 한동안 흰색과 검정으로 극명하게 나뉘던 어
린 시절 풍경에 관해 이야기했다.

　"좋은 건 흰색으로. 나쁜 건 검은색으로 보는
거. 얼핏 듣기에는 좋을 것 같은데 다시 생각해 보
니까 힘들었을 것 같기도 해요. 보통 사람들과 다르
니까. 힘든 건 없었어요?"

　수현은 흰색과 검정을 볼 수 있었던 괴로웠던

날에 관한 이야기를 시작했다.

　"맞아요. 저도 어렸을 때는 좋은 건 흰색, 나쁜 건 검정으로 보이는 게 참 편하다고 생각했어요. 담배처럼 하면 안 된다고 했던 것들은 대부분 검은색으로 보였거든요. 그런 것들은 피하면 되고, 나쁜 친구들한테도 검정 입김이 뿜어져 나오니까 피하면 됐어요. 참 쉬웠죠. 그러다가 흰색이었던 사람들이 검은색으로 변하는 걸 보게 되었어요. 색이 바뀐 건 그때가 처음이었지요."

○

　초등학교 4학년이던 봄에 수현의 부모는 이혼했다. 수현은 그 상황이 혼란스러웠다. 가족은 언제까지나 가족인데, 왜 헤어져야 하는지 이해할 수 없었다. 왜 엄마와 아빠는 함께 살 수 없게 됐을까. 수현은 두 부모님 중 한 사람과 살 수 있고, 다른 누군가는 가끔 만날 수 있다고 했다. 이게 어렸던 수현이 이해할 수 있는 전부였다.

두 분이 이혼하던 해, 추석이었다. 아빠와 처음으로 단둘이 할아버지 댁에 갔다. 몇 시간 동안 조수석에 앉아 바라본 아빠의 옆모습은 어두웠지만, 날씨는 굉장히 화창했다. 끝도 없이 이어진 국도 옆으로 울창하게 서 있는 나무들은 푸르렀고 군데군데 단풍이 물든 곳이 보였다. 수현은 평소와 달리 굳은 표정의 아빠가 걱정되는 마음도 있었지만, 오랜만에 친척들을 만날 생각에 자꾸만 마음이 설렜다.

할아버지 댁에 가서 맞이한 엄마가 없는 첫 추석은 별반 다를 게 없었다. 큰아버지와 작은아버지, 막내 고모는 수현을 보자마자 안아줬다. 할아버지, 할머니도 수현을 보고는 내 강아지라며 오느라 힘들었겠다고 도착하자마자 과일들을 내와서 쉴 새 없이 입에 넣어줬다. 평소 명절처럼 똑같이 왁자지껄했고, 친척 언니들은 수현과 마을회관 마당에 나가 뛰어놀았다. 수현은 엄마가 없는 게 허전하긴 했지만, 그것만 빼면 특별히 나쁠 건 없었다.

연휴 마지막 날, 저녁을 함께 먹는데 막내 고모가 엄마 이야기를 꺼냈다.

"그 언니 결국엔 이렇게 무책임한 사람인 줄 알았다니까. 자기가 뭘 잘했다고 이래?"

고모의 말이 끝나자, 수현은 반사적으로 아빠 쪽으로 시선이 향했다. 아빠는 고모를 보지 않았다. 말을 듣고 있는 건지도 모를 정도로 본인의 밥그릇에만 집중했다. 고모의 말이 끝나자, 할머니도 말을 거들고 너나 할 것 없이 모두가 엄마 이야기를 했다. 정확히 무슨 말을 했는지 기억할 수는 없지만 수현이 기억하는 한 그 자리에 있는 모두가 엄마를 원망했다. 그 이야기들을 들으며 수현은 아빠를 계속 바라봤다. 아빠도 같은 생각인지 궁금했다.

아빠는 어떤 대답도 하지 않고 밥만 먹었다. 무언가를 견디기 위해 그 자리에 앉아 있는 사람 같았다. 아빠의 침묵 때문에 식구들의 언성은 높아져 갔다. 그 소리를 멈춘 건 수현의 비명 소리였다.

수현은 그날 밥상을 박차고 나와 마을 어딘가 담벼락 밑에 숨어있었다. 가족들은 모두 수현의 이름을 부르며 마을 곳곳을 뒤졌지만, 수현은 자신을 부르는 소리를 듣고도 담벼락에서 나오지 않았다. 계속해서 밥상 앞에 둘러앉은 친척들의 모습이 떠올라 수현은 몸을 오들오들 떨며 숨었다. 그날 수현이 그 시끄러운 식사 자리에서 본 친척들의 모습을 아직도 선명히 기억한다. 엄마 흉을 보며 언성을 높이던 가족들의 입에서 어느샌가 시꺼먼 입김이 흘러나오고 있었다. 마치 밥상에 무언가 꺼먼 것을 토해내는 것처럼 여기저기서 까만 게 보였다. 할아버지와 할머니, 큰아버지와 작은 아빠, 고모의 입에서 온통 시꺼먼 색밖에 보이지 않았다. 담벼락에 숨은 이후에 기억은 없다. 정신을 차려보니 새벽이었고 아빠는 수현을 태우고 집으로 돌아가는 고속도로를 달리고 있었다.

○

어릴 적 이야기를 꺼낸 수현은 자기 가슴이 쿵쾅거리는 게 느껴졌다. 빗소리가 아니라면 이 남자에게도 들릴 것 같았다. 수현은 한참 동안 혼잣말을 하다가 내가 무슨 말을 해버린 걸까 후회가 됐다. '너무 횡설수설 이상한 말을 했네. 말도 안 되는 이

야기를.' 이런 이야기를 듣고도 놀라지 않는 남자의
반응이 의아했다.

고개를 끄덕이며 자신의 이야기를 듣고 있는
남자가 무슨 말을 할지 두근거렸다. '내가 미쳤다고
생각하려나.' 누군가에게 색을 볼 수 있다는 이야
기를 한 건 엄마 이후로 처음이었다. 말하는 중간중
간 자꾸만 감정이 가슴부터 목 끝까지 차올랐다. 목
소리가 흔들릴 때마다 울음이 새어 나올 것 같았다.
그럴 때면 한동안은 말을 멈췄다가 이야기를 이어
갔다. 남자가 이렇게 가만히 이야기를 들어주는 동
안 할 수 있는 말을 하고 싶었다.

이야기를 묵묵히 듣기만 하던 남자는 수현의
이야기가 끝나고도 한참을 아무 말도 하지 않고 고
개를 숙인 채 끄덕였다. 남자는 고개를 들어 수현을
바라봤다.

"지금도 색이 보여요?"

수현은 쿵쾅대는 가슴을 진정시키려고 애를
썼다. 자꾸만 울음이 나올 것 같다. 어쩌면 지금 우
는 것처럼 보일지도 모른다는 생각이 들었다.

"예전하고는… 많이 달라요."

이야기를 듣던 남자는 처음 이야기를 나눌 때보다 신중해 보였다. 띄엄띄엄 말하는 수현의 속도에 맞춰 천천히 말하는 게 느껴졌다. 남자는 맥주캔을 새로 따서 마셨다. 수현도 남자를 따라 맥주를 마셨다.

"그때 처음 알게 됐어요. 흰색과 검은색이 바뀔수도 있다는걸. 가족들만은 항상 흰색이었는데 입에서 시꺼먼 것들을 뱉어낼 때 정말 무서웠어요."

"그러네요. 그 나이였으면… 지금도 계속 생각나고 그래요?"

"잊은 적은 없죠. 또 그 후로 알게 된 게 있는데, 흰색에서 검정으로 변하는 일은 비일비재한데 반대로 검정이 흰색으로 변하는 건 거의 없어요."

"그러네. 맞는 것 같아요. 나도 살아보니 그랬던 것 같아."

수현은 항상 조심하며 살았다. 언제든, 누구든, 무엇이든 색이 변할지도 모르기 때문에. 언제 검정이 될지 모르니 항상 마음을 졸였다.

남자는 수현의 목소리 끝이 떨리는 게 안쓰러웠다.

"가족들한테는 이런 이야기 안 했어요?"

"어렸을 때 엄마한테만 했어요. 그런데 엄마는 잊어버린 것 같아요."

"다른 사람한테는 이거에 대해서 말하지 말라고 하셨어요. 그래서 아빠한테도 말한 적 없고, 엄마가 잊어버린 것 같길래 엄마한테도 그 후로는 말 안 했죠."

남자는 수현이 혼자 사는 사람인 걸 알 수 있었다. 콕 집어 근거를 대기는 어렵지만 자기 이야기를 하는 수현은 몹시 쓸쓸해 보였다. 남자는 그 고독함에 대해 잘 알고 있다.

"가족들하고는 같이 안 살아요?"

"아빠는 저랑 이 동네에서 둘이 살다가 고3 되던 봄에 돌아가셨어요. 배 타시던 분이라 거의 같이 못 있긴 했지만."

수현의 아빠는 뱃사람이었다. 원래는 고깃집을 하다가 엄마와 이혼한 후에는 배를 탔다. 난리가 났던 명절 이후로는 친가에도 가지 않게 되고 날이 갈수록 아빠는 말수가 줄어갔다. 배를 타러 나가면 짧으면 일주일, 길면 한 달은 지나야 집으로 돌아왔다. 수현은 지금도 아빠와 했던 대화가 기억나질 않는다. 아무 말도 없이 한 번씩 집에 들르던 아빠는 시꺼먼 바다에 잡아 먹혔다.

"그럼, 바다도 검은색이겠네요."

"맞아요. 아빠를 잡아먹은 새까만 바다."

수현은 아직도 검은 바다가 무섭다. 퇴근하고 집에 들어서기 전에 바라본 바다는 아빠를 잡아먹고는 마당에 서 있던 아빠처럼 침묵했다. 저 까맣고 큰 덩어리 바다 너머 어딘가에 죽은 아빠가 있다고 생각하니 오래 바라볼 수 없었다.

남자는 아빠 이야기를 하는 수현을 보면서 딸, 은지를 떠올렸다. 수현에게 해줄 말이 없다. 어째서 아빠는 항상 딸에게 아무 말도 하지 못하는 걸까. 남자는 해야 할 것 같은 어떤 대사를 말하지 않고 수현의 마음이 어땠을지 헤아려 봤다.

"아빠가 죽고 회색이 보이기 시작했어요. 그리고 색을 보고 싶지 않아도 어디서든 회색이 뿜어져 나와요."

"회색이라… 회색이면 좋은 건가요?"

"저도 그걸 모르겠어요."

"뭐가 회색으로 보였어요?"

"전에 만나던 사람이 있었어요. 힘든 육체노동을 하는 사람이었는데, 아빠처럼 담배를 자주 피웠어요. 그 사람이 담배를 자주 피우니까 엄마가 왜 그렇게 화를 냈는지 알겠더라고요. 끊으면 안 되냐고 계속 말했더니 그랬어요. 몸이 고되면 담배를 끊기가 어렵다고. 담배 한 대 피우고 나면 조금이나마 덜 힘들다고요. 그 말을 들으니까, 그다음부턴 담배 연기가 회색으로 보이더라고요."

수현은 처음으로 회색을 본 날을 기억한다. 허공에 흩어지는 담배 연기 위로 검은색 수증기가 회색으로 바뀌던 순간을. 검정이 회색으로 바뀌는 걸 처음 볼 때 아빠가 생각났다. 집에 들어오기 전에 꼭 마당에서 담배 한 대를 피우고 들어오던 아빠.

"회색을 보면 힘들어요? 아니면 색을 보는 게 힘든 거예요?"

수현은 정자 밑에 떨어져 있는 담배꽁초를 바라보며 말했다.

"세상에서 기준이 사라진 기분이에요. 어릴 때부터 제 딴에는 정말 노력했었어요. 흰색이 되려고요. 엄마가 싫어하는 것들은 다 검정이니까 저는 흰색이 되고 싶어서 흰색만 따라다녔어요. 검은색을 내뿜는 친구들이랑은 놀지도 않고 그런 장소는 가지도 않았어요."

남자는 수현의 시선을 따라 담배꽁초를 바라봤다.

"그런데 이제 다 회색으로 보여서 헷갈린다는 거죠? 그런 건 안 보이는 게 낫겠네요."

수현은 너무 조용한 남자의 반응을 보고 민망한 마음이 들었다.

"그러니까요. 편의점에서 처음 일할 때만 해도 색 보는 걸 요긴하게 썼었는데, 검정을 스멀스멀 풍기는 손님들은 여지없이 진상들이었거든요. 진상인 걸 미리 알면 조심할 수 있었으니까 편했는데 이젠 그러지도 못해요. 죄다 회색으로만 보여서."

진상 손님들을 묘사하는 수현의 표정에서 그들을 향한 분노가 보여 남자는 웃음이 나왔다. 남자가 웃으니, 수현도 웃고 싶어졌다.

"흰색과 검정. 저만의 인생 기준점이자 치트키 같은 거였는데 이젠 그게 없어져서 계속 눈치를 보는 것 같아요. 어떤 선택을 해야 할지 모르겠어요."

수현의 말을 듣던 남자는 화장실을 다녀온다며 일어났다. 혼자 남은 수현은 아까처럼 감정이 요동치지 않았다. 오히려 차분하게 느껴진다. 남자에게 자기 이야기를 하고 나서부터 감정의 소용돌이는 천천히 잠잠해졌다. 정자의 처마 밖으로 손을 내미니 아직 빗방울이 떨어지고 있었다. 장마가 꽤 길게 느껴졌다. 정자로 돌아온 남자는 자리에 앉아 수현에게 물었다.

"나는 무슨 색이에요? 회색인가?"

수현은 남자의 심각한 얼굴을 보고 자신도 모르게 웃음이 나왔다.

"안 그래도 맥주 마시면서 봤는데 안 보여요. 원할 때 색이 보이는 게 아니거든요."

남자는 무릎을 탁 치며 어제 이야기를 꺼냈다.

"그래서 어제 담배꽁초를 그렇게 보고 있었구먼!"

수현의 고개가 끄덕여지고 입가에는 미소가 번졌다. 정자 지붕 아래에서 컵라면과 맥주를 사이에 두고 이야기하는 두 사람의 앉은 위치는 처음보다 더 가까워진 것 같았다. 남자가 무언가를 말하려는데 바람이 훅하고 불어서 그새 굵어진 장대비가 지붕 아래 두 사람을 덮쳤다. 젖은 옷을 털어낸 두 사람은 다시 이야기를 이어갔다.

"아버지 돌아가시고부터 쭉 혼자 살았어요?"

수현은 왜 엄마와 살지 않았냐는 물음인 걸 눈치챘다. 엄마 이야기를 해야지 하고 입을 여는데 말문이 막혀서 자꾸만 뜸을 들이게 된다.

"사실 엄마가 같이 살자고 연락이 왔었는데 싫다고 했어요."

"사이가 안 좋았어요?"

"고3 봄에 아빠가 돌아가셨을 때, 엄마가 아빠 장례식장에 안 왔어요."

엄마 이야기를 시작한 후로 수현은 고개를 푹숙였다. 남자는 빗물이 고인 물웅덩이로 떨어지는 물방울들을 보며 말했다.

"말하기 어려운 이야기는 안 해도 괜찮아요."
수현도 남자가 보던 물웅덩이 쪽을 봤다. 바람은 안 불지만, 빗줄기가 굵어졌다. 빗소리가 두 사람 주위를 가득 채웠다.

"아빠 장례 치를 때 계속 엄마를 기다렸어요.

끝끝내 안 오더라고요. 궁금했어요. 엄마가 왜 안 오는 걸까. 아빠가 엄마한테 무얼 그렇게 잘못했길래? 별의별 생각이 다 들더라고요."

남자는 이 말에 마음이 쿵 하고 내려앉았다. 아내와 딸 은지, 셋이 함께했던 마지막 날 밤이 떠올랐다.

"우리 딸은 올해 초등학교 3학년이에요. 울산에서 와이프랑 둘이 있어요. 목포는 나 혼자 왔고. 아마 모든 남자는 자기의 아내들에게 잘못했을 거예요."

수현은 남자가 누군가와 함께 있는 걸 본 적이 없다.

"가족들은 종종 만나세요?"

"목포에서는 못 만나요. 와이프랑 딸아이는 이 동네에 온 적도 없어요. 와이프는 갈라섰으니까 당연한 거고, 딸은 와이프가 케어하기로 했어요. 나랑 사는 것보다 엄마랑 있는 게 낫지 않을까 해서. 딸아이 보려면 울산까지 가야 해요."

수현은 고개를 끄덕이며 맥주캔을 한 손에 들었다. 남자도 맥주캔을 집어 들자 두 사람은 동시에 또 한 모금 들이켰다.

"우리 딸도 색을 볼 수 있으면 내가 검정으로 보이겠죠? 항상 날 악당으로 생각했을 것 같아. '엄마를 화나게 하던 사람 아빠'하고.

수현은 남자를 보면서 마당에 나와 담배 연기를 하늘로 올려보내던 아빠의 뒷모습을 떠올렸다. 지금 아빠를 다시 보게 된다면 담배 연기가 회색일까.

"우리 딸 이름이 은지예요. 은지가 날 마지막으로 봤을 때 분명히 검은색으로 봤을 것 같아요. 빨리 만회해서 회색이라도 되어야 하는데 그럴 기회가 있을지도 모르겠네요."

수현은 캔을 들고 있는 남자의 손에 눈이 갔다.

"이제 못 만나게 됐나요?"

"사실 이혼하고 딸아이나 아내랑 대화한 적이 거의 없어요. 목포에 혼자 와서 이사하고 새 직장에서 일한 지 석 달 정도 지났을까. 은지가 너무 보고 싶더라고요. 그래서 금요일 연차 내고 울산까지 운전해서 갔었어요. 약속 장소에 가보니까 애가 엉엉 울고 있더라고요. 아빠 만나기 싫다고, 옆에 있던 와이프는 주저앉아서 저만 쳐다보고. 그 후로는 만나겠다고 말도 못 꺼냈어요."

남자는 맥주를 한 모금 들이켰다.

"그렇게 아빠 싫다고 울고불고한 거 보면, 내가 검은색으로 보였겠죠."

수현은 머릿속에서 위로의 말을 찾다가 포기했다.

"검정이었을 수도 있고… 또다시 만나면 색이 변할 수도 있죠. 회색 담배 연기처럼."

남자는 앳된 얼굴로 진지하게 말하는 수현을 보며 웃었다.

"내가 담배 연기가 된 것 같네요. 차라리 회색이면 좋겠어요. 흰색으로 바뀌면 더 좋고요."

수현은 슬픈 표정을 짓던 남자가 갑자기 왜 웃는지 이해할 수 없었다. 말하고 나니 조금은 괜찮아진 걸까. 수현의 마음속도 잠잠해져 가는 것처럼. 어찌 됐든 아까보다는 기분이 나아 보여서 다행이다.

"그럼, 어머니랑은 연락이 아예 끊긴 거예요?"

수현은 엄마에게 시달리던 시간을 떠올렸다. 엄마는 아버지가 돌아가시고 몇 달이 지나서야 수현에게 연락했다.

"수현아, 엄마야. 잘 지냈어?"

엄마는 아빠에 관해 묻지 않았다. 혼자 밥은 어떻게 해결하고 있는지를 물었다. 혼자 살고 있는지부터 앞으로는 무얼 할 건지, 아빠 이야기만 빼고 모든 말을 하려는 것 같았다. 작은 아파트를 샀으니 와서 같이 살자는 말까지 들었을 때 수현이 엄마의 말을 끊었다.

"엄마, 아빠 보러 왜 안 왔어?"

엄마는 당황했는지 한동안 별다른 말을 하지 않았다. 수현은 화가 난 건지, 슬픈 건지 감정이 치밀어 올라 울음이 나올 것 같았다. 울음이 한번 터지면 아무 말도 못 할 것 같아서 서둘러 전화를 끊었다.

그다음 날 엄마에게서 다시 전화가 왔지만, 수현은 받지 않았다.

"아빠 장례 치르고 몇 달 후에야 연락이 왔어요. 잘 지내고 있냐고. 그런데 아빠 이야기는 전혀 안 하더라고요. 밥은 뭐 해 먹는지, 앞으로 진로는 정했는지 별 이야기를 다 하면서 아빠 이야기는 안 했어요. 저는 그게 화가 나서 끊어버렸어요.

아빠 장례 치르는 동안 문상객들이 오고 인사

를 하면서도 자꾸 입구 쪽으로 눈이 갔어요. 엄마랑 나이가 비슷한 사람이 들어오면 아, 우리 엄마 아니구나! 할 때까지 봤던 것 같아요.”

한동안 두 사람은 아무 말도 하지 않고 잦아든 빗소리를 들었다. 비가 그칠 듯하면서도 물웅덩이에는 얇은 빗줄기가 떨어지는 게 보였다.

수현은 다시 생각해도 엄마를 이해할 수 없었다.

“엄마가 아파트를 샀다고 해서 화가 났던 것 같아요. 어렸을 땐 이사를 너무 자주 다녔어요. 주기가 빠르면 일 년에 한 번은 이사를 간 적도 있는 것 같아요. 그땐 다른 친구들도 그런 줄 알았는데 우리 집만 그렇더라고요. 엄마한테 계속 연락이 와서 아파트 샀으니까 이제 이사 안 가도 된다고 같이 살자고 하는데 그게 너무 화가 났어요. 아파트에서 살고 싶은 게 아닌데 왜 아빠에 대해서는 아무것도 묻질 않는지.”

“그럼, 아파트 때문이 아니라 아빠 이야기를 안 해서 화가 난 것 같은데요?”

“아, 그러네요.”

“엄마가 무슨 말을 했으면 화가 안 났을 것 같

아요?"

"모르겠어요. 아빠 이야기를 안 해서 화가 났
던 게 맞는지도… 이젠 잘 모르겠어요."

수현은 아파트 말고 엄마에게 꼭 묻고 싶은 게
있었다. 궁금한 게 한둘이 아니었다. 아빠와 이혼한
건 누구 때문인지, 아빠가 엄마에게 어떤 잘못을 한
건지, 아니면 정말 고모 말처럼 엄마가 무책임한 사
람인 건지. 이런 것들 말고도 하고 싶은 말이 마음
속에 여러 갈래로 꼬여있었다.

가장 먼저 꺼낼 말을 찾지 못한 수현은 엄마에
게 아직도 흰색과 검은색이 보인다고 말하고 싶었
다. 색이 자꾸 바뀌고, 이제는 회색도 보이게 돼서
너무 혼란스럽다고.

"제가 피해도 계속 연락이 왔어요. 저는 그냥
전화를 안 받거나 바빠서 못 만난다고 했어요. 그
후로 졸업식 때 딱 한 번 만났어요. 그런데 하필 그
날 온 세상이 회색이었어요."

◯

　수현은 대학교에 가지 않았고 수능도 보지 않았다. 대학교에 가지 않겠다고도 선생님께 말했다. 학교에서 친구들의 관심사는 주로 입시 문제였다. 고3 상반기 때는 다들 수시로 대학에 지원하고 숨죽여 결과를 기다렸다. 그 긴장감과 응원 섞인 분위기에 수현은 낄 수 없었다. 합격한 아이들과 그렇지 못한 아이들로 결과는 나뉘었지만, 바로 다음 관심사로 넘어가게 됐다. 어느 지역 학교로 갈지, 대학에 가면 하고 싶은 일은 뭐가 있을지. 수현이 낄 수 없는 이야기들이 매일 이어지다가 나머지 고3 생활도 끝을 맞이했다.

　수현처럼 대학에 가지 않는 친구들도 물론 있었다. 공무원 시험에 붙은 애들이나, 부모님 사업장에서 일하겠다던 아이들. 그런 친구들은 야간 자율학습도 안 하고 일찍 귀가 했는데, 수현은 그 무리에는 애초에 낄 수가 없었다. 같이 놀려면 돈이 필요한데 수현은 돈이 없었다.

　외톨이가 됐다고 생각한 적은 없다. 다만 친구

들을 보며 느낀 게 있다. 원하는 걸 얻거나 얻지 못한 친구들을 보면서, 수현은 원하는 게 아무것도 없는 자신이 싫었다. 나만 다른 세상에 있는 것 같아서 친구들 무리 속에 있으면 왠지 모를 민망한 마음이 들었다. 흰색과 검은색의 결과를 두고 노력하는 친구들을 보고 있으면 꼭 자신이 회색이 되는 기분이 들었다. 이도 저도 아닌 회색이 되고 싶지 않았다.

아빠가 돌아가신 후로 헷갈리게 회색으로 보이는 것들이 늘어나서 웬만하면 색을 보지 않으려고 많이 노력해 왔다. 여태까지 봐왔던 검은색과 흰색들은 수현이 편리하게 살 수 있도록 도와줬다. 하지만 무슨 색인지 명확히 알 수 없는 회색은 항상 수현을 망설이게 하고 더 고민하게 했다.

졸업식이 있던 날이었다. 체육관 안에는 의자들이 열 맞춰서 세팅돼 있고, 졸업생들이 그 자리를 가득 채워 앉았다. 사회자 선생님이 마이크 테스트를 하더니 리허설을 시작했다. 잠시 후, 사람들이 강당으로 몰려온다. 강당 안에 사람들로 가득 차서 무척 소란스러웠다.

"그럼, 지금부터 졸업식을 시작하겠습니다."

졸업생들만 열 맞춰진 의자에 앉아 있고, 방문객들은 앉아 있는 졸업생들 양옆으로 길게 늘어서 있다. 모두가 누군가의 아빠, 엄마, 가족이다. 꽃다발을 들고 온 모든 사람들이 자기 아이를 찾으려고 여기저기 고개를 돌렸다. 그러다 발견하면 꽃다발을 흔들거나 그들만의 제스처로 조용한 인사를 나누었다. 졸업생들도 서 있는 방문객 중 자기 가족을 찾아 헤맨다. 수현은 아무도 자신을 찾지 않는다는 걸 이미 알고 있다.

사람들이 가득 차서 웅성대는 소리에 강당이 시끄러워진 만큼 꽃향기도 실내 가득 풍겼다. 가벼운 꽃다발 향이 새지 않고 실내를 채울 정도로 좋은 향이 났다. 시끌벅적하던 사람들은 교장 선생님 말씀이 시작되면서 조용해졌다.

졸업식 순서가 끝을 향해가는데 수현은 고민이 하나 생겼다. 담임 선생님과 사진을 찍고 싶지만, 문제가 몇 가지 있다. 우선 수현은 꽃다발이 없다. 빈손으로 서 있는 수현을 선생님이 안쓰럽게 보진 않을까. 꽃다발은 그렇더라도 누가 사진을 찍어줄 수 있을까.

보통 함께 온 가족들이 선생님과 나란히 서 있는 학생을 찍어줄 텐데, 수현은 아무도 졸업식에 오지 않았다. 하지만 수현은 졸업사진을 남기고 싶었다. 비록 다른 친구들과 자신이 다르긴 하지만, 사진 정도는 남겨도 되지 않을까.

　주머니가 평소보다 허전했다. 휴대폰이 없었다. 마지막으로 휴대폰을 사용했던 게 언제인지 시간을 거슬러 올라가 봤다. 아침에 씻을 때 충전기를 꽂아두고 나온 것이 생각났다. 수현은 눈물이 핑 돌아서 고개를 들어 천장을 봤다. 휴대폰을 가져오지 않은 내 잘못이다. 내가 실수했기 때문에 사진을 못 찍게 된 거야.

　화장실 거울 속에서 본 자기 모습에서 회색이 뿜어져 나오던 게 생각났다. 다들 교가를 부르는데도 부르지 않았다. 아무것도 들리지 않는다. 좌절하고 자책하던 마음은 대상을 알 수 없는 분노로 이어졌다.

　그런데 말이야. 정말로 내 잘못인 게 맞는 걸까? 오늘 내가 휴대폰을 못 챙긴 건 맞지만, 다른 애들은 나처럼 실수했어도 다른 가족 것으로 찍을 수 있었을 텐데. 수현은 사진 찍으러 와주지 않은 아빠가 원망스러웠다.

왜 아빠는 엄마가 그렇게 싫다고 하던 담배를 포기 못 했을까.

고개를 푹 숙인 수현은 바닥에 회색 연기가 떠다니는 게 보였다. 고개를 들어보니 체육관 천장 전체에 회색 연기가 뿌옇게 차 있다. 군데군데 시꺼먼 연기도 섞여 있다.

나만 보이는 건가?

수현은 어릴 적 추석 때 가족들 입에서 시꺼먼 것들이 쏟아져나오던 장면이 떠올라서 식은땀이 났다. 회색 덩어리가 떠다니는 게 너무 커서 오싹해졌다. 등골이 서늘해지더니 점점 추워지는 것 같다. 교복 재킷의 소매를 움켜쥐었다.

여기저기 떠다니며 뿌옇게 퍼진 회색은 자꾸만 늘어나더니 큰 덩어리가 됐다. 회색이 수현의 시야를 가렸다. 길게 늘어서 있는 방문객들의 얼굴도 보기가 어렵다. 사람들한테서도 회색이 뿜어져 나오는 것 같다. 수현은 더 이상 선생님과 사진을 찍고 싶은 마음이 들지 않았다. 집에 가고 싶다. 시꺼먼 색에 둘러싸이면 좁은 상자 속에 갇힌 것 같다. 답답하고 다른 게 보이지 않는다. 숨쉬기가 불편하다.

이상으로 졸업식을 마친다는 사회자의 말이 끝나면서 학생들은 이미 점찍어 놓은 자신들의 가족이 있는 곳으로 흩어졌다. 아직 가족들을 못 찾은 아이들은 엄마나 아빠가 멀리서부터 아이들의 이름을 크게 부르며 서로를 찾는다.

수현은 사람이 아닌 출구를 찾아 두리번거린다. 뒤쪽에 나가는 문이 있을 텐데 하며 뒤쪽을 향해갔다. 하지만 강당 가득 찬 회색과 여기저기 모여서 사진을 찍는 인파 때문에 방향을 잃었다. 가슴이 답답해 숨쉬기가 너무 불편하다. 숨을 들이쉴 때 산소가 조금씩 들어오는 것 같다.

회색 천지인 강당 안 여기저기를 두리번거리다가 색이 있는 무언가를 찾아냈다. 노란색. 어떤 아이가 아침에 수현이 교문에서 봤던 노란 꽃다발을 들고 가족들과 사진을 찍고 있다. 그 꽃을 들고 있는 아이와 가족들, 그 주변은 회색으로 보이지 않았다. 수현은 멀찍이 서서 그곳을 바라봤다. 호흡이 제자리를 찾아갔다.

"수현아!"

북적북적한 사람들 소리만 들리는 체육관 어딘가에서 수현의 이름을 외치는 목소리가 들린다.

수현은 자기도 모르게 '아빠'라는 단어가 입에서 나왔다. 잘못 들은 건가 싶어 여기저기를 둘러봤다. 사람들 사이에서 자신에게 손을 흔드는 선생님이 보인다. 죄다 회색으로 보여서 긴가민가했지만, 담임 선생님이 맞다.

선생님은 누군가의 옆으로 수현의 손을 잡아당겼다. 엄마였다.

엄마는 어색한 미소를 짓고 서 있었다.

"수연아, 할머니는? 아직 안 오셨어?"

수현은 대답하지 않았다. 선생님 앞에서 몇 년 만에 엄마를 마주한 게 창피했다. 엄마가 어색하게 억지 미소 짓는 것도 쪽팔렸다. 자꾸 울음이 나서 참아보려고 얼굴에 힘을 주고 눈물을 닦아도 눈물은 볼을 타고 뚝뚝 떨어졌다. 소리 내어 우는 걸 참는 정도가 최선일만큼 수현은 서러웠다.

"수현아. 어머니 옆에 서봐. 선생님이 사진 찍어줄게."

수현은 손사래를 쳤다. 선생님도 민망한 미소를 지었다. 엄마는 선생님께 사진 찍을 휴대폰을 건넸다. 사진을 찍었는지도 모를 만큼 수현은 제정신이 아니었다. 눈물이 멈추지 않아서 엄마를 똑바로 바라볼 수도 없었다.

고개를 들지도 못하는데 엄마의 옷이 눈에 들어왔다. 검정 코트 안에 회색 원피스. 수현은 거울 속 자신에게서 뿜어져 나오던 회색이 떠올랐다. 더 이상 견딜 수 없었다.

"왜 또 회색을 입고 왔는데!"

수현이 소리를 지르자, 졸업식장 안은 조용해졌다.

화가 치밀어 올랐다. 다시 숨쉬기가 어려워진 수현은 더 이상 그 자리에 서 있기가 어려워 건물을 빠져나왔다. 그러고는 곧장 버스를 타고 집으로 돌아와 쓰러졌다. 더 이상 그날 무슨 일이 있었는지는 기억이 안 난다. 오후에라도 온다던 할머니를 만난 기억도 없다.

그 후로는 엄마나 할머니의 연락을 받지 않았다. 스무 살이 되고 처음 월급을 받게 됐을 때부터

집주인 아주머니께 말씀드려 이제부터는 직접 매
달 월세와 관리비를 내겠다고 말씀드렸다.


○


"그렇게 졸업식에서 엄마를 본 게 마지막이었
어요. 그 후로는 쭉 혼자 있었어요. 원래 이 동네에
살아서 이사를 안 간 거지. 저도 혼자예요."

"하필 그날 회색을 입고 오셨네요. 그럼, 학생
때 생활비는 어떻게 했어요?"

"아빠가 필요할 때 쓰라고 주신 통장이 있는데
그걸로 스무 살 될 때까지는 버티다가 알바도 하고
그랬죠. 집세는 스무 살 전까지는 할머니가 내주셨
어요."

이야기를 듣던 남자는 수현이 벗어놓은 슬리
퍼 옆에 떨어진 담배꽁초가 눈에 들어왔다. 힘들었
을 것 같다. 외로웠겠다. 이런 말을 하면 위로가 될
까. 위로의 말을 찾지 못한 남자는 자기 이야기를
했다.

"우리 딸도 나를 검정으로 볼 것 같아요. 그래도 해주고 싶은 말이 있어요. 결과는 이렇게 돼버리고 우린 헤어진 가족이 됐지만 여태까지 노력해 왔다고. 이렇게 꼭 말해주고 싶어요."

빗물이 고인 물웅덩이를 보던 수현은 남자를 바라봤다.

"와이프랑 은지 생각을 하면 후회되는 게 참 많아요. 회사에서는 버틴다고 이 악물고 버티면서 집에서는 피곤함에 찌들어 누워만 있었어요. 회사에서 힘을 다 써버렸다고 핑계를 댔던 거지."

"그런데 그건 아저씨 잘못이 아니잖아요."

"왜 내 잘못이 아니에요? 이유가 어찌 됐든 자식이 나를 검은색으로 보면 내 책임인 거지. 누구나 잘해보려고 노력해요. 어머니도 졸업식이라서 단장하고 오셨을 텐데 하필 회색을 입으신 거예요. 너무 미워하지 말아요."

"지금도 미운 건 아니에요."

"그러면 다행이네. 우리 은지도 꼭 알았으면 좋겠다. 비록 아빠는 검은색이지만, 잘해보려고 노력한 거였다고. 노력했는데도 어쩔 수 없었다고. 딸이 알아주면 좋겠네요."

수현은 남자의 눈을 똑바로 보며 말했다.

"방금 한 말, 이 말을 들으면 절대 검은색으로 안 볼 거예요. 검은색일리가 없어요."

남자는 진지한 수현의 얼굴을 보니 또 웃음이 나올 것 같았다.

"그럼 내 생각에는 어머니 이야기도 들어보는 게 어때요? 가서 물어봐요. 왜 안 왔는지. 그리고 확인해 봐요. 어머니가 무슨 색인지."

수현은 예상 못 한 말에 머뭇거린다.

"그럼 되겠네! 엄마가 무슨 색인지 꼭 확인해 봐요. 그리고 내친김에 내일 바다도 보러 가요. 바다가 새까맣다고 했죠? 낮에 보는 바다가 진짜 바다예요."

남자는 어리둥절한 수현의 앞으로 맥주캔을 들이밀었다. 수현은 자기 맥주를 남자의 맥주캔에 부딪혔다. 건배.

○

비가 그치자, 동네는 다시 조용해졌다. 어디선가 물방울 소리만 들린다. 수현과 남자는 마지막으로 먹던 맥주캔이 빈 걸 확인하고 자리를 정리했다.

"그럼, 아저씨도 따님 만나러 가요. 색은 매일 바뀌니까 걱정하지 말고요."

하늘은 모든 비를 쏟아냈는지 물웅덩이에 더이상 빗방울이 떨어지지 않는다.

"엄마 보러 가려고요?"

"아, 일단은 바다요. 낮에 봐도 검은색인지 확인해 볼게요."

"그래요. 나중에 알려줘요. 바다의 진짜 색이 뭐였는지."

수현이 먼저 자리에서 일어났다. 남자는 길게 이어진 가로등 길 아래로 걸어가는 수현의 뒷모습을 바라봤다. 주황색 조명이 골목 건물들을 비춰서 마치 터널 안을 걷는 것처럼 보인다. 슬리퍼를 신어서 빗물에 다 젖을 것 같아 걱정됐다.

○

아침 8시, 교대 시간이 됐는데도 수현이 나타나지 않자, 야간 알바는 짜증이 났다. 어제 김치도 줬는데 늦다니. 시곗바늘이 8시가 넘어가자, 야간 알바의 미간이 찌푸려진다. 그러고 보니 요즘 매니저님 분위기가 심상치 않은 것 같다. 이틀 연속으로 밤에 맥주를 사러 오질 않나, 이렇게 지각하고… 음… 계속해서 수현이 나타나지 않자 슬슬 걱정됐다. 그만두려는 걸까. 아니면 남자친구라도 생겼나?

편의점으로 누군가 들어온다.

"어서 오세요!"

카운터로 곧장 걸어오는 사람은 수현이 아닌 사장님이다. 파란색과 검은색이 반씩 섞인 바람막이에 아웃도어 캡모자를 써서 바로 알아보진 못했다.

"미안미안, 좀 늦었네."

"매니저님은요?"

"아, 수현이? 이번 주는 안 나올 거야. 집에 다녀온대."

○

　수현은 평소처럼 아침 일곱 시 알람에 눈을 떴다. 출근 준비를 마치고 양말까지 신으니 어젯밤 남자가 했던 말이 떠올랐다.

　'바다는 밤에 봐서 시꺼먼 거지, 낮에 보는 바다가 진짜 바다색이에요.'

　수현은 사장님에게 전화를 걸었다.

　"사장님, 저 수현이에요."

　전화 너머로 막 잠에서 깬 듯한 잠긴 목소리가 들린다.

　"어, 수현아. 아침부터 무슨 일이야?"

　"혹시 저 오늘 하루만 쉬어도 될까요?"

　"곧 출근 시간 아니야? 몸이 안 좋니?"

　수현은 여태까지 한 번도 쉬겠다고 한 적이 없다. 사장님은 당황한 듯했지만 금세 나긋하게 목소리를 바꿨다.

　"집에 다녀오려고 그러니?"

　수현은 바다를 보러 가겠다고 말해도 될지 고민했다.

"수현아, 집에 가서 시간 좀 보내고 와. 편의점은 내가 있을 테니까 집에 가서 좀 쉬다 와. 특별휴가야."

"휴가요?"

대화의 전개가 예상과는 다르게 흘러갔다. 편의점 직원도 휴가가 있는 건지 물어보고 싶었지만, 더 이상 사장님 말에 토를 달지는 않았다.

"네. 다녀올게요."

바다를 보러 가려고 사장님한테 거짓말을 한다니. 그것도 출근 시간 직전에 전화해서. 죄송한 마음이 들지만, 어찌 됐든 바다를 보러 갈 수 있어서 다행이다.

편의점 유니폼을 담은 에코백을 다시 옷걸이에 걸어두고 집을 나섰다. 빗물에 젖은 골목길이 미끄러울 것 같아 운동화 끈도 평소보다 좀 더 꽉 조였다. 마을로 향하는 비좁은 내리막길을 한 걸음 한 걸음 내려가는데 평소보다 발걸음이 가벼운 것 같다. 확실히 가볍다.

뭐랄까. 이 가벼운 발걸음은 학생 때 조퇴하던 날 같다. 어릴 적 방학식 날 집에 걸어가던 게 생각났다. 조퇴하고 집에 일찍 가던 날처럼 기분이 두근 거렸다. 매일 반복되는 일상에서 빠져나왔다. 평소 와 다른 상황에 놓인 지금, 수현은 출근하지 않고 바다를 보러 가고 있다.

맑은 하늘 아래 동네는 여행 온 것처럼 낯설고 새롭게 보였다. 동네 바로 앞 대반동 바다를 보러 가려면 동네 가운데 있는 편의점을 가로질러야 한 다. 골목길을 다 내려온 수현은 편의점 쪽 길로 가 려다가 발걸음을 멈췄다.

매번 같은 시간에 똑같은 길, 오늘은 다른 길로 가볼까. 편의점 쪽으로 동네를 가로지르는 게 가장 빠른 길인 걸 알지만, 수현은 발걸음을 돌려 다른 길을 걸었다. 지름길보다 시간을 더 들여 걷는 그 시간 동안 평소에 보지 못한 것들을 봤다.

버스정류장에서 버스를 기다리는 아이들. 저 녁에 편의점 도시락을 사러 오는 학생 같아 보였다. 이어폰을 귀에 꽂고 버스가 올 방향을 보며 서 있는 학생이 반가웠다. 근처 초등학교에 등교하는 아이 들을 위해 횡단보도 앞에서 학부모들이 깃발을 들 고 아이들과 서 있는 것도 보였다. 이 동네에 노인 말고 다른 어른들도 생각보다 많은 것 같다.

동네를 한 바퀴 돌고 바다로 가려는데 지나가면서 주민센터 앞 정자에 할머니들이 모여있는 걸봤다. 비 오던 어젯밤과는 분위기가 전혀 달랐다. 평소엔 수현 혼자 앉아 있던 조용한 정자가 지금은 할머니들로 가득했다. 더 이상 앉을 수 있는 곳이 없을 만큼 어르신들이 가득 앉아서 떠들고 있다.

동네를 나가자마자 도로 바로 앞에 펼쳐진 바다가 눈에 들어온다.

파랗다. 수현은 바다의 파란색이 시야에 들어오자, 발걸음을 멈췄다.

바다는 원래 파랗다. 알고 있었지만, 이제야 깨달은 것 같은 기분이다. 자세히 들여다봤다. 검은색이 나올까 궁금했다. 맑은 하늘 아래 바다는 파랗기만 하다. 아빠를 잡아먹은 시꺼먼 바다가 아니었다.

전에 봤던 새까만 바다는 아빠 생각이 나서 시선을 계속 둘 수 없었다. 지금 수현의 눈앞에 있는 파란색은 계속 시선을 잡아당기는 색이다.

하늘에는 구름이 두껍게 큰 덩어리로 뭉개져서 떠다닌다. 바람이 불어서 그런지 저 커다란 구름이 빨리 움직이는 것 같다. 너무 크고 예쁜 구름이 움직이니 현실성이 없게 느껴지기도 한다. 하얗고 파랗게 맑은 하늘과 바다가 맞닿아서 하나로 보이는 것 같다.

수현은 바다 쪽으로 걷고 싶어서 길을 건넜다. 바다 옆으로 산책로가 길게 이어져 있다. 건너편엔 고하도가 보이고 띄엄띄엄 가끔 지나가는 배가 보인다. 바닷냄새도 시원해서 코가 뚫리는 기분이다. 바람이 불 때 생선 냄새가 나서 돌아보니 생선들을 걸어 놓은 생선가게가 몇 군데 보였다.

좀 더 걸어가니 가게 없이 버스정류장만 있고 정류장과 바다 사이에 쉴 수 있게 그늘막이 쳐진 벤치가 있다. 바다를 볼 수 있게 바다 쪽으로 향해져 있다. 수현은 그곳에 앉았다.

바다에 검은색은 없다. 고기 잡는 배를 보니 아빠 생각이 났다. 아빠랑 같이 있었던 일을 떠올리고 싶어서 기억 속을 들여다봤는데, 별로 떠오르는 게 없다. 며칠 만에 집에 돌아온 아빠한테서는 바닷냄새가 났다. 아빠는 이 파란색 위에 떠있었구나.

수현은 한동안 그 자리에 앉아 파란색 위에 떠

있는 아빠를 상상했다. 파도가 찰랑이며 부딪히는 소리가 듣기 좋다. 수현은 잠시 눈을 감았다. 다시 뜨니 햇살에 눈이 부셔서 바다를 똑바로 보는 데 시간이 조금 걸렸다. 한동안 바다를 가만히 들여다봤다. 여전히 검은색은 없다. 오히려 햇살이 비친 바다색이 눈부시게 찰랑인다.

"검은색이 없어. 파란색이 맞네."

'엄마는 무슨 색인지 확인해 봐요.'

남자의 말이 떠오르자, 수현은 자리에서 벌떡 일어나서 다시 동네 쪽으로 향했다. 집으로 돌아가는 길에 머릿속을 계속 떠다니는 말.

'엄마는 무슨 색일까.'

생각할수록 수현의 발걸음은 점점 더 빨라졌다.

엄마를 보러 가자. 수현은 집 쪽으로 발걸음을 옮기며 엄마에게 전화를 걸었다. 통화연결음만 들릴 뿐 연결이 되지 않는다는 안내멘트만 듣고 전화를 끊었다. 휴대폰에 적힌 엄마의 전화번호를 들여다보다가 문득 이런 생각이 들었다.

'엄마가 전화를 받으면 무슨 말부터 해야 하지?'

맞다. 무슨 색인지 확인해 봐야지. 만나자고

하자. 색을 보고 나면 생각이 정리될 거야. 소란스러워질 뻔한 마음이 다시 차분해졌다. 자신이 남자에게 했던 말을 떠올렸다.

'검은색으로 안 보일 거예요. 검은색일 리가 없어요.'

그때 주머니에서 전화 진동벨이 울리는 게 느껴졌다. 휴대폰 화면에 뜬 이름은 엄마다.

"여보세요?"

막상 엄마한테 전화가 왔는데 당황스러웠다. 무슨 말을 하려고 했었지.

"엄마, 나 수현이."

당황하긴 엄마도 마찬가지인 것 같은 게 목소리가 떨리는 게 들렸다. 그럼에도 나긋한 말투는 여전했다. "수현아, 잘 지냈어? 요즘 어떻게 지내고 있어?"

수현은 순간 숨이 턱 막혔다.

"엄마 보러 가려고."

"엄마도 보고 싶었어. 엄마는 목포에서 지내."

수현은 아직도 목포에서 지낸다는 엄마의 말을 듣고 깜짝 놀랐다.

"전화 많이 했었네. 엄마, 요즘에는 미싱 작업 하는데 작업장 들어갈 땐 휴대폰을 안 가지고 들어 가서 이제 봤네."

난처해하는 엄마의 목소리 때문에 수현의 마음도 불편했다.

"괜찮아. 일 쉬는 날이 언제야? 그때 보러 갈게."

"내일도 괜찮아? 엄마 집으로 올래? 주소 보내 줄게."

엄마를 만나겠다고 생각은 했지만, 집으로 가 겠다는 말은 쉽게 나오지 않아서 뜸을 들였다.

"알겠어. 주소 보내줘."

전화를 끊고 수현은 집으로 돌아와 천장을 보 고 드러누웠다. 조금 전 통화 내용을 떠올려 봤다. 목포에서 혼자 살고 있을 엄마는 상상이 안 된다. 아직 집 주소를 보내지 않는 걸 보니 일이 꽤 바쁜 모양이다. 어디 동네에 살고 있었을까. 목포에 있었 는데도 한 번도 마주치지 못했다니. 생각해 보면 당 연한 일이다. 수현은 서산동에서 밖으로 나가질 않 았으니. 여러 생각들을 떠올리다가 문득 궁금한 게 생겼다.

엄마는 지금 혼자 살고 있을까?

다른 누군가와 재결합했을 수도 있겠지. 혼자 살고 있을 엄마와, 누군가와 함께 있을 엄마. 어느 쪽도 상상하기가 어렵다.

○

방에 누우니 엄마와의 통화로 인한 긴장이 풀렸는지 몸에 힘이 쭉 빠졌다. 가슴은 왠지 빨리 뛰는 것 같았다. 누워서 올려다본 창문 사이로 파란 하늘의 구름이 보인다. 방금 보고 온 파란 바다가 떠올랐다. 몸이 나른한 게 조금 더 자고 싶었다.

남자가 오늘도 맥주를 마시러 올지 궁금했다. 만나서 알려주고 싶다. 검은색이 보이지 않았다고. 내일은 엄마를 만나러 간다고. 어젯밤 헤어지기 전 맥주캔을 부딪쳤던 게 떠올랐다.

깜빡 잠에 들었던 수현의 눈에 창문 밖으로 하늘의 색이 변한 게 보였다. 잠깐 눈을 감았다 뜬 것 같은데 시계를 보니 벌써 저녁 시간이 다 됐다. 배에서 밥 먹으라는 비명이 꼬르륵 소리를 냈다. 먹을 걸 사서 정자에 가볼까. 수현은 집을 나섰다.

가파른 골목길 위에서 보는 동네 전경 너머로 하늘 끝부분이 노란색으로 점점 물들어 가는 게 보인다. 항상 편의점에 있던 시간이라 정말 오랜만에 노을을 만났다. 낮에 봤던 파란 하늘과는 또 다른 따뜻한 색을 감상하면서 골목길을 내려왔다. 이렇게 땡땡이치고 잠만 자는 하루도 괜찮은 것 같다.

편의점 문을 열고 들어오는 수현을 본 알바생은 놀란 눈치다. 수현은 야간 알바가 카운터에 있는 걸 보고 시계를 확인했다. 7시 30분, 아직 야간 알바 시간이 아니다.

"아직 출근 시간 아니지 않아요?"

"사장님이 오늘만 좀 일찍 출근해달라고 하셨어요. 급하게 출근하시느라 꼭 가야 하는 약속이 있다고."

수현은 자기 때문에 근무 시간이 바뀐 걸 알고 미안한 마음이 들었다.

"미안해요. 갑자기 나 때문에 근무 시간도 바뀌고."

"네? 아니에요. 저는 괜찮아요. 그나저나 집에 다녀오셨어요? 사장님이 매니저님 집에 다녀오신 다고 하더라고요."

집에 간다던 사람이 아직 동네에 있어서 궁금한 모양이다.

"내일 갈 것 같아요. 부모님 댁에 다녀오려고요. 고마워요. 덕분에 잘 다녀올게요."

야간 알바는 수현과 이렇게 대화다운 대화를 하는 게 처음이 아닌가 하는 생각이 들었다.

수현은 고맙다는 인사를 하고 냉장식품 코너 앞으로 발걸음을 돌렸다. 맥주 몇 캔을 들고 무얼 먹을지 도시락 코너를 훑어봤다. 왕돈까스 도시락이 눈에 띄긴 하지만 수현은 왕돈까스 도시락에 돈가스는 네 조각뿐이라는 걸 알고 있었다.

에그 샌드위치와 핫바를 집었다. 집어 온 것들과 맥주를 계산대에 올려두고 야간 알바 쳐다봤는데 왠지 할 말이 있는 것처럼 머뭇거리고 있다.

"혹시 집에 무슨 일 있으세요?"

생뚱맞은 질문에 수현도 놀랐다.

"아니요? 갑자기 왜요?"

"아니, 요즘에 좀 분위기가 바뀌신 것 같아서요. 밤에 다시 와서 맥주를 사 가질 않나, 이틀 연속이나. 갑자기 집에 다녀오시고…"

수현은 웃으며 손을 저었다.

"아무 일도 없어요. 맥주는… 맥주 친구가 생겨서 사러 온 거였고 집에 갔다 온 건 사장님이 쉬면서 다녀오라고 하셔서 간 거예요."

야간 알바는 안도의 한숨을 쉬더니 하고 싶었던 말들을 쏟아냈다.

"그런 거죠? 저는 혹시나 그만두시는 건가 했어요. 아니죠? 사장님은 언니가 며칠 동안 안 나온다길래 정말 그런 건 줄 알았어요."

말을 쏟아내는 야간 알바의 표정은 꽤나 진지했다. 수현은 그 진지한 표정을 보니 입가에 미소가 번졌는데 야간 알바생이 너무 진지해서 민망할까 봐 웃음을 참았다.

맥주와 샌드위치를 담은 봉지를 들고 정자까지 갔지만, 그곳에 수현이 앉을 자리는 없었다. 아직도 동네 어르신들이 정자에 앉아 담소를 나누고 계신다. 어디로 가야 할까. 집에 가긴 싫은데.

수현이 항상 혼자 앉아 있던 조용한 곳에 낮에 와보니 생각보다 사람이 많았다. 수현이 사용할 시간에는 귀신같이 모두 집으로 들어가 조용히 숨죽여서 수현의 조용한 맥주 타임을 기다려 줬는지도 모른다.

집에 가고 싶지 않았던 수현은 낮에 갔던 바다 앞 벤치가 떠올랐다. 그곳에는 수현이 앉아 있을 벤치가 남아있기를 바라며 그곳을 향해 걸었다. 다행히 벤치에는 아무도 없었다. 떠다니는 뭉게구름 사이로 해가 지려고 주황빛을 하늘 끄트머리부터 채워가고 있다.

수현은 샌드위치와 핫바를 먹기 좋게 포장지를 깠다. 그리고 캔맥주를 따서 옆에 가지런히 앉혀 뒀다. 맥주를 한 모금 크게 들이켜고 다시 옆에 내려놨다. 탄산이 목을 타고 지나가는 게 느껴져서 목 뒤로 넘긴 후엔 자연스럽게 카 하는 소리를 냈다. 먹으니 좀 살겠다.

아직도 마음에 걸리는 게 한 가지 있는데. 엄마는 목포에서 혼자 지내고 있을까, 아니면 다른 분과 함께 지내고 있을까. 만약 후자라면 수현은 자신이 그 집으로 찾아가는 게 맞을까 고민이 됐다. 엄마가 초대했으니 괜찮지 않을까. 지난밤 함께 맥주 마시던 맥주 친구에게 엄마가 재혼했을 경우 어찌해야 할지 물어봤어야 했다.

수현은 오늘 하루를 필름 돌리듯 되돌아봤다. 아침에 일어나서 바다를 보러 가야겠다고 결심하고 사장님께 전화했던 것. 사장님이 쉬어도 되겠냐는 수현의 말에 기다렸다는 듯이 집에 다녀오라고 하신 것. 얼떨결에 엄마와 통화를 하고, 여태 목포에서 지내왔다는 엄마. 지금은 바닷가에 나와서 샌드위치에 맥주를 먹고 있는 자신이 신기하게 느껴졌다. 어쩌다가 이렇게 된 거지?

편의점에서 본 야간 알바의 진지한 표정 때문에 또 웃음이 났다. 바다와 하늘, 아까는 주황 노을이더니 지금은 핑크로 변한 게 보였다. 분홍색 하늘에 떠다니는 구름도 같은 색이었다. 목포대교 위에 멈춰있는 차들이 줄지어 서 있는 게 보였다. 퇴근 시간에는 저렇게 차가 막히는구나.

내일 엄마를 만나게 되면 어떻게 될까? 지난밤 남자의 말처럼 엄마의 색을 보게 되면 무슨 색으로

보일까. 검은색이라면 어찌해야 하고, 회색이라면
또 어찌해야 할까.

수현은 물들어 가는 하늘과 그 밑에 바다, 목포
대교 위에 떠있는 차들을 보는데 기분이 좋았다. 맥
주를 한 모금 더 마셨다. 그리고 상상해 봤다. 만약
에 아빠가 태우던 담배 연기가 흰색이었다면 어땠
을까. 엄마가 졸업식 날 회색 옷을 입고 오지 않았
다면, 그날 체육관 안이 회색으로 가득 차지 않았다
면, 엄마와 함께 지금까지 목포에서 살 수 있었을
까. 그러면 아마도 지금 엄마는 흰색이었을 텐데.

만약을 상상하다 보니, 생각은 꼬리에 꼬리를
물고 다른 상황으로 이어졌다. 수현은 매듭지을 수
없는 상상을 맥주캔을 찌그러트리며 마쳤다. 당장
다가온 일만 생각하자. 내일은 엄마를 만난다.

내일 만나게 된다면 몇 년 전에는 감정에 북받
쳐서 말하지 못했던 것들을 꼭 말해야겠다고 생각
했다. 모두 말한 후에 엄마가 무슨 색으로 변하더라
도, 그리고 수현이 엄마에게 검은색이 된다고 하더
라도.

엄마는 왜 아빠 장례식장에 오지 않았는지 묻

고 싶었다. 엄마는 아빠를 미워했는지 궁금했다. 그렇다면 아빠와 살았던 자신도 미웠을지, 연락을 끊고 졸업식에 찾아온 엄마를 반겨주지 못한 자신을 원망했는지 궁금했다. 사실 그럴 가능성이 높지 않을까.

수현은 자신이 어릴 때 보던 검은색, 흰색을 아직도 본다고 말하고 싶었다. 그런데 어느 순간부터 회색이 보여서 헷갈리게 돼서 어지러워졌다고. 엄마도 남자처럼 자신을 만나길 기다리며 버텨왔을지 궁금했다.

'엄마가 무슨 색인지 꼭 확인해 봐요. 그리고 바다는 밤에 봐서 시꺼면 거지, 낮에 보는 바다가 진짜 바다색이에요.'

수현은 남자의 말처럼 바다의 진짜 색을 보게 됐다. 이제 바다가 무슨 색인지 누군가 묻는다면 바로 답할 수가 없다. 아빠를 잡아먹은 시꺼면 바다. 낮에 봤던 햇살이 찰랑찰랑 차오르던 금색 바다. 지금은 해가 목포대교 뒤쪽에 닿을 것처럼 내려가서 붉어졌다. 내려가는 해 주위로 붉은빛이 하늘 반절은 덮여 있다. 지금 보니 바다는 붉은 주황빛을 반

사하고 있는데, 도대체 바다는 무슨 색이라고 말할
수 있을까.

색은 언제든 변한다. 수현은 맥주 한 캔을 따서
꿀꺽꿀꺽 들이킨 후 옆에 앉혀뒀다. 내일 엄마를 만
났을 때, 검은색이 보인다고 하더라도 괜찮을 것이
다. 다시 색이 변할 테니까, 수현은 생각했다. 흰색
이어도, 회색이어도 다시 색은 변할 테니까 어찌 되
든 상관없어. 만나보자.


○


자고 일어나니 엄마한테서 문자가 와있다. 포
미아파트 103동 504호. 아파트에 사는구나. 엄마
는 아파트에서 살자는 말을 입에 달고 살았었다. 평
소보다 일찍 눈을 뜬 수현은 물 한 잔 마신 후에 바
로 씻고 나와서 옷을 몇 벌 갈아입었다.

무얼 입을지 고민됐다. 그동안 편의점, 집만
오가다 보니 옷이 별로 없다. 별로 없다기보다는 비
슷한 옷만 여러 벌이다. 맨투맨이나 후드티, 청바지

나 트레이닝복 바지. 엄마를 만난다고 꾸미고 싶은 건 아니었지만 자꾸 옷이 신경 쓰인다.

3년 만에 보는 엄마에게 무슨 말을 해야 할까. 고등학교를 졸업한 후로 사람과 대화한 적이 별로 없다. 거의 없는 것 같다. 손님과 실랑이를 벌인다 던지, 편의점 물건을 정리하며 사장님의 하소연을 듣는다던지, 물건이 너무 비싸다는 동네 어르신들과 할인 쟁탈을 벌인다던지 했던 것들만 생각나는 걸 보니 확실히 대화를 안 하고 살았다.

오랜만에 사람과 했던 대화였지만, 지난밤 맥주 손님과의 대화는 편안했다. 색을 보는 이야기도 꺼내는 게 망설여지지 않았다. 모르는 사람이 내 이야기를 알아서 뭘 하겠는가. 그래서 말해버렸다. 아무한테도 하지 않았던 이야기를. 내 속에서 감정으로 뒤엉켜 있던 것들을 말로 뱉어내니 가지런히 정리되는 것 같다. 이래서 속 이야기를 누군가에게 털어놓는 걸까.

엄마를 만나서 이야기할 때도 그렇게 될까. 불편할 것 같은 예감이 우선으로 든다. 너무 어색하면 어쩌나. 이런저런 생각에 빠져있다가 보니 벌써 15

번 버스가 정류장까지 와서 다른 사람들을 태우고 있었다. 깜짝 놀라서 벌떡 일어나 올라탔다.

엄마를 만나면 그땐 어쩌지?

무슨 말을 해야 할지, 어떤 질문을 해야 할지 수많은 시나리오를 예상하고 고민하다가 어느새 엄마가 보낸 주소에 도착했다. 막상 엘리베이터까지 타니 아무 생각도 들지 않고 올라가는 내내 머릿속이 새하얘졌다. 수현은 마트에서 사 온 참외 한 봉지를 들고 504호라고 써진 현관 앞에 섰다. 살짝 문이 열려있지만, 초인종을 누르고 누군가 나오길 기다렸다. 얼마 후, 수현을 부르는 엄마의 목소리가 들렸다.

"수현이니?"

현관으로 나온 엄마는 흰색 반팔 셔츠에 주름진 노란색 치마를 입고 있었다. 목소리는 예전과 똑같았지만, 3년 새 많이 변한 것이 보인다. 분위기가 많이 바뀌었다. 현관으로 들어가자마자 보이는 방 하나를 지나 바로 거실이 있는 작은 아파트였다. 신발장에는 엄마의 단화와 슬리퍼 하나만 놓여 있었다.

거실에는 소파가 없이 카펫만 있다. 엄마는 작

은 상을 펴더니 수현에게 앉아 있으라 했다. 엄마는
수현이 들고 온 참외 봉지를 들고 부엌으로 갔다.
수현은 카펫 위, 작은 상 앞에 앉아 집안을 둘러봤
다. 아무래도 재혼한 건 아닌 것 같다. 집 안에 걸어
놓은 사진이 없고, 가구나 짐이 별로 없어서 작은
아파트인데도 휑해 보였기 때문이다.

　　엄마는 참외를 담은 접시와 과도를 들고 와서
수현과 상 앞에 앉았다. 참외를 깎으면서도 시선은
수현을 향했다.

　　"그동안 어떻게 지냈어? 다 컸네, 정말."

　　수현은 그동안 자신이 뭘 하면서 지내온 건지
생각해 봤다. 스무 살 때 떨어졌던 면접. 몇 년째 일
하고 있는 편의점.

　　"요즘엔 뭐하면서 지내고 있어?"

　　수현은 계속 눈을 맞추려는 엄마가 어색해서
접시 위에 올려진 참외를 보며 말했다.

　　"그냥 일하고 집에서 쉬고 그래."

　　엄마는 참외를 다 깎은 후, 포크로 하나를 집어
수현에게 건넸다.

　　"그 편의점에서 계속 있는 거야?"

수현은 놀라서 눈이 커졌다.

"어디서 일하는지 어떻게 알았어?"

"어쩌다 보니까 알게 됐는데, 결론적으로는 너희 고모한테 물어봤어."

"처음에는 아르바이트로 시작했는데 지금은 직원이야."

수현은 자신이 편의점 직원인 걸 어떻게 생각할지 신경 쓰였다.

"일한 지는 얼마나 됐는데?"

"한… 삼년?"

엄마의 입가에 미소가 번졌다.

"한 곳에서 성실하게 오래 일하고 있네."

수현은 고개를 푹 숙이더니 아직 생각해 본 적도 없는 이야기를 꺼냈다.

"나중에 다른 직장도 알아보려고 해."

"수현아, 너는 성실하고 예의 바르니까 어디서든 환영받을 거야. 너무 조급하지 않아도 돼. 하고 싶은 일이 생겨서 다른 일을 하게 될 수도 있지만, 지금도 잘하고 있는 거야."

수현은 칭찬을 처음 받는 사람처럼 뭐라고 답

을 해야 할지 알 수 없어서 참외를 하나 더 집어서
입에 넣었다.

"엄마는 여기서 혼자 살아? 왜 외할머니 있는
보성으로 안 갔어?"

수현은 엄마가 자신을 기다리고 있었을 것 같
았다.

"글쎄, 왜 안 갔을까?"

수현은 대답을 듣지 않아도 알 것 같았다.

"사실 전에 수현이 너 일하는 곳에 가서 어떻
게 있나, 밖에서 보고 온 적이 있어."

"왜 그냥 갔어?"

"그냥… 수현이 너는 엄마가 안 보고 싶을 수도
있잖아."

맥주 손님의 말이 떠올랐다. '우리 딸이 볼 땐
나도 검은색이겠죠.'

한동안 말이 없던 수현은 준비해 온 말을 꺼냈다.

"엄마, 왜 아빠 장례식장에 안 왔어?"

엄마는 수현과 눈을 맞추려 하지만, 수현은 그
러기가 어려워 참외만 바라봤다.

"연락을 못 받았었어. 몇 달 후에야 알게 돼서

수현이 너한테 연락했던 거야. 나도 너무 놀라고 마음이 힘들어서 수현이 너한테는 뭐라고 해야 할지를 모르겠더라."

"다행이다. 알고도 안 온 게 아니라서."

수현은 이제까지 맞출 수 없었던 퍼즐을 겨우 맞추고 감상하는 사람처럼 생각을 가만히 정리했다. 엄마는 아빠 소식을 늦게 들었구나.

"그리고 수현아, 엄마랑 아빠가 헤어진 건 누가 잘못해서 헤어진 게 아니야. 당연히 수현이 네 잘못도 아니고. 그냥 이별을 받아들여야 할 때가 오는 것 같아.

엄마의 말을 들으면서 수현의 속에서 감정이 울음으로 올라올 것 같은 게 느껴졌다. 엄마는 아빠를 미워했던 게 아닌 것 같다. 정말 다행이야. 올라오는 감정을 속으로 억누르며 수현은 숨을 크게 들이마시고 내쉬었다.

지금만 생각하자. 엄마는 지금 무슨 색일까. 이제 색을 확인할 차례가 온 것 같다. 용기를 내서 엄마를 바라봤다. 엄마한테서 검은색이 뿜어져 나오는 걸 상상해 봤다. 회색이 뿜어져 나오면 어떻게 될까. 엄마한테서 흰색이 나오면 뭐가 달라질까.

수현은 최근 며칠 동안 깨달은 게 있다. 색은 언제나 변한다. 바다는 하늘이 무슨 색인지에 따라 변한다. 붉게 물든 노을 밑에서는 함께 붉어지고, 파란 하늘 밑에서는 그 색을 따라 파랗게 변한다. 수현이 바라본 세상도 그랬다.

누가 바다의 진짜 색을 알 수 있을까. 바다를 까맣다고 생각해 온 수현이 틀린 걸까. 아닌 것 같다. 진짜 무슨 색인지는 아무도 알 수 없다. 그러니 엄마가 무슨 색이라도 괜찮을 것 같다. 아니 괜찮을 거라고 속으로 결심했다.

엄마는 자신을 뚫어지게 쳐다보는 수현을 마주 바라봤다. 두 사람은 아무 말도 하지 않았다. 수현은 엄마도 자신의 색을 보려는가 싶었다.

"수현아. 요즘에도 흰색하고 검은색이 보이니?"

엄마에게서 아무 색도 보이지 않는다. 수현은 당황스러웠다.

갈 곳 잃은 수현의 눈동자는 집안 여기저기를 떠돌다가 엄마의 눈동자와 마주쳤다. 엄마의 눈동자가 떨린다.

"응. 항상 보였어. 이제는 회색도 보이고, 색이 안 보이는 것도 있어."

엄마는 몸을 돌려 눈물을 닦았다.

"마실 게 없네. 커피 타야겠다."

부엌으로 가는 엄마의 뒷모습을 봤다. 엄마도 내가 색을 보는 게 무서울까? 자기가 검은색으로 보일까 봐?

뒤돌아 있는데도 눈물이 가득 찬 엄마의 눈동자가 보이는 것 같다. 부엌 찬장을 뒤지는 엄마의 뒷모습을 보니 노란색 주름치마가 눈에 띄었다. 아무래도 엄마도 수현을 만나게 돼서 옷차림새를 신경 쓴 것 같다.

엄마가 커피를 타는 동안 집안을 눈으로 둘러봤다. 엄마가 앉아 있던 뒤쪽에 아까는 보지 못했던 작은 액자가 하나가 눈에 띈다. 액자 속 사진을 보고 수현은 깜짝 놀랄 수밖에 없었다.

사진 속엔 교복을 입은 수현과 엄마가 나란히 서 있었다. 졸업식 날 찍었던 사진이다. 멀찍이 한 걸음 떨어져서 어색하게 서 있는 두 사람이 보인다.

수현이 기억하는 것과 다른 게 있다. 사진 속

엄마는 코트 속 회색 원피스가 아니라 노란색 원피스를 입고 있었다. 엄마가 건네줬던 꽃다발도 베이지 포장지에 담긴 노란 꽃이었다. 엄마는 커피 두 잔을 올린 쟁반에 참외를 한 덩이 더 들고 와서 수현의 앞에 앉았다.

"궁금한 게 있어. 엄마는 무슨 색이야?"

엄마의 눈동자와 맞닿았다. 엄마한테서는 흰색도 검은색도 회색도 보이지 않았다.

"엄마는 노란색이야."

## 작가의 말

저는 아홉 살 때부터 지금까지 바다가 있는 한적한 목포에 살고 있습니다. 부모님은 제가 고등학교 입학을 준비하던 겨울에 고향인 신안군으로 귀농하시고, 목포에 혼자 남게 됐습니다. 하교 후에 집으로 돌아오면 혼자 있는 동안 집안이 조용한 게 싫어서 습관처럼 TV나 라디오를 틀어놨습니다. 그러면서 많은 이야기들을 접하게 되고 좋아하게 됐습니다.

소설, 영화, 라디오를 통해 만난 이야기들 덕분에 혼자 있는 시간은 고독하지 않고, 오히려 즐거운 상상 속에서 보낼 수 있었습니다. 블로그를 노트 삼아 영화 감상평이나 라디오 사연을 써보다가 소설을 쓰게 됐습니다. 쓸 수 있는 글 중에 소설을 쓰는 게 가장 재밌다 보니 여태까지 재밌는 이야기들이 떠오르면 소설을 써왔습니다. 매일 인터넷에만 글을 올리다가 학교 교지에 제가 쓴 소설이 실렸을때 얼마나 기뻤는지 아직도 그때의 두근거림이 생생합니다. 그때의 두근거림이 언젠가는 소설가가 돼야겠다는 결심으로 이어져서 지금까지 왔습니 다.

혼자 지낸 지 시간이 꽤 됐는데도 아직 조용한 집에 혼자 있는 게 외로울 때가 많습니다. 그럴 때면 밤 산책을 자주 나가는데 한번 나가면 몇 시간씩 걷다 들어옵니다. 그래서 목포에 있는 모든 골목길을 거의 다 알고 있답니다. 작은 골목길들을 걸어 다니고 지나치는 사람들을 보며 어떤 사연이 있길래 나처럼 이 시간에 돌아다니는 걸까 상상하며 소설 소재들을 찾아보곤 합니다.

〈내가 바라왔던 색〉도 델루나호텔이 있는 근현대 거리 동네를 걸으면서 상상한 소설입니다. 소설 속에서는 관광지가 아닌 조용한 마을로 나오는데, 한밤중에 그 거리에 가면 굉장히 조용하고 사람이 없습니다. 낮에 본 모습과는 정반대인 조용한 밤 거리에 유난히 편의점 한 곳 간판만 쨍하게 눈이 아플 정도로 밝은데, 그곳을 보며 〈내가 바라왔던 색〉의 주인공 수현의 이야기를 만들었습니다. 컴컴하고 조용해진 동네에 유일하게 빛나고 있는 그곳 안에 어떤 주인공이 지내고 있을 것 같았습니다. 〈오늘의 사진〉도 밤 산책 중에 예쁜 사진관을 보고 떠오른 상상들을 소재 삼아 쓰게 됐습니다.

저는 구기종목도 다양하게 좋아하는데 그중에 축구를 가장 좋아합니다. 에너지 넘치는 선수들의 모습도 중요한 재미 요소지만, 저는 축구 리그 속 드라마 같은 라이벌 관계와 선수들의 사연들을 보는 재미 때문에 축구를 좋아합니다.

단순히 이기는 것을 위한 스포츠가 아니라 경기 시간 동안 포기하지 않기 위해, 응원해 주는 모든 이들을 위해 뛰는 선수들을 보는 게 제가 생각하는 축구의 최고 재미 요소입니다.

요즘에는 '중꺾마'라는 말이 유행하게 됐죠.

'중요한 건 꺾이지 않는 마음'의 줄인 말입니다. 해외 리그에서 좋은 활약을 펼치고 있는 손흥민

선수나 국가대표 선수들의 월드컵 활약을 통해서 대중 들이 스포츠 안에 있는 그 '중꺾마'의 묘미를 알게된 것 같습니다. 그래서 저도 포기하지 않는 마음에 대한 이야기를 생각하다 쓴 소설이 '슈팅 라이크 쏘니'입니다.

남자라면 거의 축구나 풋살에 대해서 잘 알 것 같아, 비교적 관심이 적을 것 같은 여대생들의 풋살 체육대회 우승 도전기로 이야기를 쓰게 됐습니다.

〈슈팅 라이크 쏘니〉 안에 담은 이야기 말고도 더 보여주고 싶은 '중꺾마'의 묘미가 있어서 다음 소설도 스포츠물로 써볼까 하여 재밌는 상상들을 하며 소재들을 정리하고 있습니다.

저에게 소설은 다른 사람의 마음을 이해하거나 들여다볼 수 있는 창문이었습니다. 또 이야기 속에서 알게 된 많은 사람으로 인해 외로움도 많이 해소 해 왔습니다. 외로울 때마다 누군가를 만날 수는 없으니까요. 그래서 아직도 혼자 있는 집이 너무 조용하면 혼자만의 상상을 하러 밤 산책을 나갔다가 돌아와서는 글을 쓰고 있는 건지도 모르겠습니다.

혼자 있을 때 즐겁게 볼 수 있는 이야기를 계속

해서 써나가는 게 앞으로의 제 목표이자 꿈입니다. 저의 쓸쓸함을 덜어준 소설들처럼, 제가 쓴 소설도 누군가의 쓸쓸함을 가볍게 해주면 좋겠습니다.

이 책을 쓰기까지 기도와 사랑으로 응원해 주신 모든 분에게 감사드립니다. 그리고 이 책을 선택해 주시고 읽어주신 독자님, 진심으로 감사합니다. 앞으로도 즐거운 이야기로 만날 수 있게 되길 소망합니다.

2024년 봄날
정유철

# 슈팅 라이크 쏘니

**초판 인쇄** 2024년 7월 1일
**초판 발행** 2024년 7월 1일

**지은이** 정유철
**펴낸이** 사공훈
**편집** 은현희
**디자인** 오승예
**기획** 김명준
**지원** F83프로젝트
**후원** 2023 목포문학박람회
**펴낸곳** 주식회사 오티디코퍼레이션
**출판등록** 2023년 9월 19일 제2023-000092호
**주소** 서울특별시 용산구 대사관로34길 21 영풍빌딩 5층(한남동)
**대표전화** 070-8822-2412 | **전자우편** anb_publish@otdcorp.co.kr
ISBN 979-11-987913-2-0 (03810)